夜市

恒川光太郎

王華懋 譯

目錄

夜市

今天晚上有夜市。

學校蝙蝠對著暮色漸深的天空如此宣布。學校蝙蝠住在小學和國中的屋頂或牆縫間，入夜後便會四處飛行，捕食蟲子。

今晚的夜市開在海角的森林。

學校蝙蝠說——

夜市裡一定有許多珍奇的商品。

因爲許多商人會乘著北風和南風來到夜市。

西風和東風會送來奇蹟。

學校蝙蝠在鎮上盤旋著，宣告牠該宣告的事。

今天晚上有夜市。

某個秋日，泉走在向晚的天空底下。泉是大二生，她正要前往高中同學的租屋處。

同學名叫裕司。

讀高中的時候，泉和裕司幾乎沒說過什麼話，但去年泉在打工的餐廳和裕司成了同事，此後便開始往來。

裕司在高二的第二學期退學，此後就沒有回去學校。現在好像也沒有在打工，讓泉有些擔心。

這是泉第一次前往裕司獨居的租屋處。裕司打電話找她過去時，她也沒想太多，爽快地說好。

萬一裕司他想要亂來怎麼辦？泉擔心起來。就算沒有亂來，萬一他向我告白怎麼辦？

對泉來說，裕司這個人相當微妙。她並不討厭，也有點在乎。作爲異性，算是有吸引力。所以老實說，就算裕司告白，泉也不覺得排斥。雖然就算沒告白也無所謂啦。

泉走在路上，偶爾查看依照電話中的說明畫下的地圖，沒多久便見到目的地的老舊木造公寓。

泉站在門前，按下門鈴。有點緊張。

「晚安。」

門立刻就開了。

「嗨，請進。」

泉走進整理得井井有條、單調無趣的室內，心想：啊，只有我一個人。之前她還想像裕司也邀請別人，大家一起喝酒的情況。

不過，裕司這人看起來沒什麼朋友。第一次認識的時候，就覺得他不是個喜歡社交的人。

裕司請泉在座墊坐下，沖了即溶咖啡招待。

泉微笑問：

「最近怎麼樣？都好嗎？」

裕司的聲音有些陰沉：

「還可以。」

「你怎麼看起來有點悶？出了什麼事嗎？」

「我本來就這種個性。眞羨慕妳，總是朝氣蓬勃。」

「什麼朝氣蓬勃？」

都大學生了，泉當然知道這個詞的意思，卻刻意反問，或許是在討好對方。話一出口，她便這麼自我分析。而反射性地如此分析的自己，讓她感到厭惡。

「說妳很有活力啦。」

「是嗎？對呀，我很有活力。」

裕司開口了：

「聽說夜市要開了。」

「什麼？」

「市場啊。夜市有賣各種東西。去就知道了，要不要去看看？」

「今天嗎？」

「對。」

有點懶。既然都來了，泉想要在房間裡享受悠閒時光。她原本想像，冰箱裡冰著啤酒或是甜調酒，兩人邊喝酒邊聽音樂，天南地北地閒聊。

「呃，妳會累嗎？」

裕司似乎想去他說的市場。泉擠出無可無不可的笑容，歪著頭猶豫：

「唔……」

不過也可能在乏味的房間裡愈聊愈乾，沒別的事好做，尷尬到家，雖然很想拍拍屁股走人，又覺得剛來沒多久就要回去，似乎不好意思。以前她遇過幾次這種情況，雖然主要是跟同性朋友。與其如此，出門還比較好。

「嗯，好啊。在哪裡？」

「地點在……海角那邊。用說的不太好懂。妳身上有錢嗎？」

「才沒有呢。」

泉聳聳肩說，裕司見狀輕輕一笑：

「嗯，那逛逛就好。」

兩人離開公寓，走到一半招了計程車，約二十分鐘車程，來到海角的公園。附近有一座古老的墓地。海角的公園和附屬停車場其實離眞正的海角還有好一段路。看得到大海的眞正海角，要從公園走過三公里荒草掩徑的林道才能抵達。經過三公里的路程，就會來到有一座小燈塔的斷崖。

計程車司機收取車資時，一副欲言又止的樣子，但終究什麼都沒問就離開了。

裕司從停車場進入公園。泉跟在他的後面。走出停車場就沒有路燈了，只剩下月光。

「這種地方眞的有市場？在這種晚上？」

照常理來看，如果這裡有市場或祭典活動，停車場應該停滿了車子才對，實際上卻空空蕩蕩。公園不見人影。可能是離住家有些遠，也沒有人在遛狗或慢跑。

「眞的有啦。」裕司自信十足地說。「不過還要再走一段路。」

「是跳蚤市場嗎？」

「嗯，類似。是祕密的市場。」

「可是沒見到半個人啊，你是不是弄錯地點了？」

「不，就是這裡。在森林裡面。」

森林指的是公園深處那片陰暗的叢林。雖然林間有條小徑，但從公園進入叢林以後，一直到海邊，整條路都陷在森林裡。

「這裡的森林裡，今天晚上有市場——類似跳蚤市場的活動，你確定？」

「確定。是非常特別的市場。我們走吧。」

兩人手牽著手，踏進黑暗籠罩的森林裡。

「對了，你是從哪裡聽到這個祕密市場的訊息的？」

「學校蝙蝠。」

「在天上飛的那個蝙蝠？」

「是啊。」

泉放開裕司的手：

「我要回去了。我還有報告要寫。」

「等一下嘛。妳就當被騙，一起去看看嘛。聽說夜市裡什麼都有賣。」

「這也是蝙蝠說的？」

「嗯。可是，小時候我真的去過其他地方的夜市。真的有市場……應該。」

「可是既然是其他地方，就不是這裡的市場了啊。又不一樣。」

「是這樣沒錯啦……」

兩人在黑暗中前進了一會兒，前方逐漸出現青白色的光。樹木變得稀疏，一團完全不刺眼的幽幽白光照亮了黑暗。

首先現身的，是永恆漂泊者。永恆漂泊者在地上攤開黑布，上面陳列著商品，自己則坐在攤位前抽著菸管。他賣的是石頭和貝殼。

「歡迎來到夜市。這裡有賣全世界的石頭、貝殼喔！」

永恆漂泊者意興闌珊地招呼著從森林走來的裕司和泉。

「有什麼稀罕的東西嗎？」裕司探頭看商品。在泉看來，永恆漂泊者賣的都是些河邊海邊就可以撿到的玩意兒。但她沒有說出口。畢竟她對石頭並不內行。

永恆漂泊者拿起一顆圓石，用一種無所謂的口氣說：

「這是圓石，黃泉河邊撿來的圓石，一顆一億圓。」

「可以算便宜點嗎？」裕司殺價說。

永恆漂泊者沒搭理他。

兩人默默離開永恆漂泊者的攤位前。

永恆漂泊者的石頭攤只是入口的第一攤，裡面還有無數攤位以一定間隔櫛比鱗次地延展開來。攤位前，或是攤位和攤位之間排列著燭臺，燃燒著青白色的火焰。

穿和服的貍貓悠閒漫步。轉頭一看，像鬼火也像人魂的一團火光，正輕飄飄地穿過樹木之間。

泉倒抽了一口氣。

「這裡……就是夜市。我們去逛逛別的攤子吧。」裕司說。

樹木間並排著臨時攤位的情景，和祭典攤販有著異曲同工之妙，但夜市在最根本之處和祭典大相逕庭。祭典熱鬧滾滾，夜市卻闃寂無聲。沒有酬神樂，沒有錄音機播放音樂，沒有鼎沸的人聲。寂靜的森林裡，大小攤子寂靜地做著生意。

有個陳列著刀劍的攤位。帳篷前掛著兩盞燈籠，上面寫有「刀」的字樣。

一名穿大衣戴獵帽的老紳士正在物色商品。只有他一個客人。老紳士似乎在聽老闆介紹。裕司和泉靠過去，想聽聽兩人在說些什麼。

刀鋪老闆是個獨眼猩猩。

桌上陳列著帶鞘的刀劍，但老闆似乎正在介紹臺子另一邊、插在岩石裡一把出鞘的長刀。從形狀來看，是一把日本刀。

「這可是難得一見的珍品。」

獨眼猩猩抓住長刀的刀柄說。

「就算我想拔，也拔不出來。這據傳是歷史上出現過幾次的『無堅不摧的刀』。只要能把它從岩石裡拔出來，沒有什麼是它斬不斷的。」

「那這把刀多少錢？」老紳士交抱雙臂問。

「要是有人能把它拔出來，那他就是眞英雄了。算他十萬圓就好。但拔不出來的人，得連岩石一起買，十五億圓。」

獨眼猩猩輕踹了插著刀的岩石一腳說。

「這樣啊？」

「這可是英雄刀啊。我可以打個折扣，但再便宜也只能算你十四億八千萬圓。還有，試拔免錢。後面那位小哥，要不要來試試身手？」

裕司迷迷糊糊地走上前。老紳士回頭，見到裕司，瞇起了眼睛。

「我來試試看好了。」

「不要啦。」泉拉扯他的袖子。

「就是說啊。」老紳士也勸阻。「最好不要。萬一眞的拔出來怎麼辦？」

「好玩而已，能從岩石裡拔出刀來的眞英雄，可不是那麼容易遇上！一千年都不一定能遇到一個！試試看嘛。」獨眼猩猩笑道。

裕司露出猶豫的樣子，老紳士見狀扯著他的袖子，從攤位離開了幾步。

「你想要那把刀？」

「也不是特別想要。」

「那最好別試。那把刀從某個意義來說，是貨眞價實無堅不摧的刀。我四處調查過，所以知道。但那獨眼猩猩是個流氓。萬一你把刀拔出來，事情就棘手了。那個猩猩會嚷嚷說英雄終於現身了，逼你用十萬圓買下那把刀。如果你不買，他一定會說刀被你從岩石裡拔出來了，不値錢了，叫你賠。」

「我知道了……可是如果眞是那麼厲害的刀，十萬圓不是很便宜嗎？」

「這可難說。畢竟刀是用來殺人的。你有什麼想要殺的人嗎？」

裕司搖搖頭。老紳士放開他的袖子，細語道：「那麼，那把刀就讓給我吧。」

兩人回到攤位前。

「那麼，我來代替這位小哥挑戰看看好了。」

「請請請。」

「要是拔出來，眞的就十萬圓賣我吧？」

「太便宜了嗎？我不是很瞭解人類貨幣的價值呢。」

「我覺得有點太貴了。如果拿『無堅不摧的刀』上陣，就算在決鬥中贏了一百次，也不會有人肯定我的刀法。因為用這把刀，等於占盡優勢。再說，實戰中如果對方亮出槍砲，不管刀劍再利，也沒有意義，而且這把刀沒附刀鞘吧？」

「那算你九萬好了。」獨眼猩猩咂了一下舌頭說。

老紳士先掏出錢包，點了鈔票，塞進獨眼猩猩手裡，接著一手抓住刀柄，不費吹灰之力就把刀拔出了岩石。

「多謝惠顧！」

獨眼猩猩快活地吆喝。

裕司和泉離開攤位。

兩人剛走不遠，老紳士便追上來說：

「剛才真是多謝了。我無論如何都想要這件物品。」

「哪裡，謝謝你忠告我。」裕司道謝說。「差點就被強迫推銷了。」

「呃……你那些錢……」泉開口道。她剛才看到老紳士從錢包裡掏出鈔票，但那些鈔票並非一萬圓鈔票。顏色和大小顯然不是日本貨幣。

「錢？哦。」老紳士會意微笑。「妳是說，和你們世界的錢不一樣？」

「不一樣嗎？」裕司沒見到老紳士掏鈔票，睜圓了眼睛看泉。

「我是從和你們不一樣的其他世界來的。放心，在夜市，只要是市面通行的貨幣，任何世界的貨幣都可以使用。你們放心買東西吧。」

泉十分驚奇：居然還有別的世界？

老紳士改變話題：

「那麼，你有發現什麼好貨嗎？」

「沒有，我們剛來而已。不過如果看到想要的東西……」

「想要的東西？唔，你們不是第一次來夜市？」

「我小時候來過。」

「這樣啊，原來如此。」老紳士點點頭。「我先去辦點雜事，回頭再來給你們帶路，算是報答你剛才把機會讓給我，如何？」

「那就太好了。對了，叔叔想要用那把刀砍什麼？」

「幻影啊。到了這把年紀，就會被過去的幻影糾纏不清。我想用這把刀把它們斬草除根。」

裕司沒有繼續追問這件事，他說：

「不過，九萬圓算很划算呢。」

老紳士以銳利的眼神盯著手上的刀：

「這也不是什麼了不得的刀。這把刀很特別，只有一開始眞的什麼都能砍，但接下來就會愈來愈鈍，最後連鐵都不是了，會變成一團泥土，就這樣消失。泥土丟棄的地方歷經久遠歲月，又會再次生出這把刀，它或許算是一種植物吧。」

裕司和泉再次信步前行。走到一半，老紳士說「等會兒見」，就此離去。

森林彷彿無邊無際，掛在各處的燈籠、擺在各處的攤位，也好似無窮無盡。

這些攤位販賣的商品，不是價格高到裕司和泉根本高攀不起，就是買了也沒有意義。

兩人經過裝著蜘蛛、蛇、不知名生物的展示櫃前，也經過陳列著怪奇面具的攤位前。

來到某個攤位，無臉怪叫住了泉：

「有加速老化的藥喔！」

「我才不要那種東西。」

「不是啦，是用在別人身上。比方說妳覬覦遺產，跟一個預定七十歲翹辮子的六十歲老頭結婚，那實在捱不了十年對吧？只要一百萬圓喔。」

「我才不會爲了遺產跟別人結婚。」

「那，也有延遲老化的藥喔。雖然沒辦法青春永駐，但可以比別人老得更慢。一樣只賣一百萬圓喔。」

「吃了就會見效嗎？怎麼知道有沒有效？」

「十年以後，在同學會上看看誰最年輕就知道了。那個人或許不是妳，但如果沒吃這藥，妳應該會老得更多，所以也不必太計較。」

「……我才不要。」

「不買就請走吧。」

也有賣頭的攤位。臺子上並排著獅子、大象、駝鹿、野牛，以及顯然是人類男女的頭。攤位老闆是個叼著雪茄的牛仔，正在拆解步槍打發時間。

「噯，那兩顆人頭是假的吧？」

泉臉色蒼白地拉扯裕司的袖子問。裕司沒有答話。

也有賣鳥的攤位，但鳥籠裡的鳥不是有三隻腳，就是全身覆滿鱗片，不管在圖鑑上或動物園裡，泉從來沒有見過這種鳥。

也有賣棺材的攤位。攤位前站著三具腐敗的屍體，喃喃細語著泉聽不懂的語言。腐敗的屍體散發出可怕的惡臭。陳列的棺木之一傳出呻吟聲，把泉嚇得輕聲尖叫了一下。

「那什麼東西？」

棺材師傅立刻招呼：

「哦，這口大的棺材呢，是從海裡打撈上來的箱刑箱子。還在呻吟呢。」

「箱刑？我不太想知道，不過裡面還裝著人嗎？」

「很久很久以前，有個害死好幾個人的妖女。官員把她綁在板子上處刑，並且把那板子釘成箱子，直接丟進海裡，這就是箱刑。可是這名妖女不老不死。雖然早就瘋了，但都已經過了快三百年，人還活在箱子裡，現在也在箱子裡咕噥個沒完。因爲很可怕，所以沒人打開來過，是全新未開封的箱刑之箱喔。想要的話，算妳五百萬圓就好。適合送禮，還附贈緞帶喔。」

「我不想要，也沒那麼多錢。」

「不買就再見。還有，那邊那幾具屍體也是，你們身上也沒半毛錢吧？好啦好啦，快回墳場吧。」

屍體們露出驚慌的樣子，垂頭喪氣地離開攤子前。泉猜想，他們是因爲自己的棺材已經爛光了，所以想要新的吧。

「我們回去吧。」泉拉扯裕司的手說。「總覺得愈來愈毛了。」

裕司點點頭說：

「妳聽了不要太驚訝……」

「什麼事？還有什麼更讓人驚嚇的事嗎？」

「其實我從剛才就一直想回去。」

「你忘記我們是從哪裡來的了？咦？這麼說來，我也搞不清楚東西南北了。」

「對啊，好像迷路了。等一下，我們問問那邊的人好了。」

裕司走向眼前最近的攤位。

顧攤的是一名少女，頭上長著草而不是頭髮，賣的主要是些花花草草。裕司和泉一走近，頭上長著植物的少女便招呼說：

「這裡有世界各地的草喔。有大麻，也有烏頭的粉末喔。還有，這是南美來的，據說可以治療癌症……」

「不好意思，我們想問個路，請問停車場要往哪裡走呢？」

少女睜圓了眼睛看裕司：

「打針場（註）？你是問打針的店嗎？針筒的話，這裡也有賣。」

「不是，我是問停車的地方。」

「不曉得耶。難道……你們迷路了？」

「唔，是啊。」

「你們出不去的。我不曉得你們從哪裡來的，可是你們根本不懂夜市的規矩。只要踏進夜市，除非買了東西，否則沒辦法離開的。」

「這是誰規定的？」

「這裡的規矩就是這樣。不是誰規定的，就是這麼辦的。」

「我知道了。那請問海邊要往哪裡走？」

註：日文中，停車（駐車，chusha）和打針（注射，chusha）同音。

停車場在海的反方向。只要知道海在哪一邊，自然就知道該往哪裡走了。這裡是海角，可不是深山。就算迷路了，應該不至於永遠走不出去。

「你還是沒聽懂。」少女遺憾地說。「你們應該還要再迷失好一陣子。你們會在夜市裡徘徊多久，我不知道，但最後你們一定會醒悟：你們離不開這裡。所以了，在這裡買樣東西吧。我這話是爲了你們好。」

兩人離開花草鋪前。

少女說的是眞的，後來裕司和泉走上數個小時，卻怎麼都走不出市場。不管再怎麼走，森林和攤位都永無止境。

他們好幾次向攤老闆問路，得到的答案都一樣：

「你們還沒買東西吧？沒買東西就出不去。這座夜市是活的。這裡是做買賣的地方。想要回家，就得做買賣。」

兩人在路邊的長椅坐下來。

「莫名其妙。」泉開口道。「啊，累死我了。眞不該來的。怎麼會走不出去呢？眞的不買東西就無法離開嗎？」

「對不起。」

「沒關係啦，反正明天的課不重要，我本來就不打算去。」

泉在臉前擺了擺手說。

「這樣啊。」

「得想個法子才行。咱們來動動腦吧。噯，你說你來過夜市一次，那個時候你怎麼回去的？那時候就不像今天這樣，被困在夜市裡嗎？」

「那時候我還很小。」

「可以說給我聽嗎？」

「小時候我住在鄉下地方。那時候附近有祭典，我和弟弟一起去玩。是山腳下的神社辦的、很普通的祭典。有章魚燒、炒麵、糖葫蘆、模切糖（註），還有在電燈泡底下撈金魚。我和弟弟手裡捏著少少的零用錢一起逛。」

裕司露出遙望的眼神。

「攤位的燈光另一頭，是神社陰暗的森林。我發現黑暗深處有一團青白色的

註：型抜き，日本廟會攤子上一種印有各種圖案的方形糖片，玩的時候利用牙籤或圖釘完整取出圖案，即可獲得獎品。

光。我跟弟弟說：那邊也有活動，我們去看看。弟弟好像看不到那光，說：哥，那邊很暗，我好怕，我不敢去，而且那邊不是墳墓嗎？」

「然後呢？」

「我說沒事啦，拉著弟弟的手進去森林裡面了。看到弟弟嚇成那樣，我覺得很好玩。走著走著，青白色的光從一盞變成三盞，很快又從三盞變成了九盞。我直覺地想：太厲害了，明天可以跟朋友炫耀了！發現的時候，人已經在怪物市場裡了。」

「在那裡，妖怪賣東西給妖怪，就跟這裡一樣？」

泉問，裕司點了點頭：

「我逛了一下，只有一開始覺得好玩，很快就害怕起來。我發現那裡賣的東西跟剛才的攤子完全不一樣、市場裡的人也跟剛才的地方完全不同。我馬上就悟出那裡不是人類小孩應該去的地方。可是已經太遲了。不買東西就不能離開，但那裡沒有一樣東西是我零用錢買得起的。我們就在裡面不停遊蕩。」

「那只要買東西，就可以離開了吧？那我們快點買點什麼吧。」

「嗯，我也這麼想。」

裕司表情陰沉地回應。

「既然你知道，爲什麼什麼也不買，一直走來走去？難道你在找什麼？」

「對不起，其實就是這樣。」

「你今天帶了多少錢？」

「七十二萬圓。去銀行領的。這是我全部的財產了。」

「也就是說，你有什麼眞心想要的東西，非買到它不可嗎？」

泉確認地問。她有點生氣。既然如此，一開始直說不就得了？

裕司可能想要緩和泉緊繃的神情，以莫名歡快的語氣說：

「有什麼是錢買不到的嗎？」

「七十二萬圓買不到的東西很多吧。什麼嘛，這裡連顆石頭也要一億圓不是嗎？這裡的商品都貴死了，沒看到什麼東西是低於一萬圓的。」

泉想起自己的錢包裡只有兩千圓，後悔沒多帶點錢。

「不過就算有錢，也買不到身高、年齡、愛情、友情、才能或基因嘛。」

「基因？」

「打個比方好了，就算有錢，也沒辦法變成藍色眼睛基因的人吧？就算可以戴上藍色變色片，假裝成藍眼睛，那也不是眞的。假設有讓人變成藍眼睛的手術，那也只適用於那個人，沒辦法連小孩都變成藍眼睛不是嗎？不說這個了，是不是偏題了？你小時候的事還沒說完呢。你說自己跟弟弟在夜市裡走來走去，然後呢？你們買了東西，然後離開了吧？」

裕司的表情微微僵住了：

「我們一直走一直走……看到很多商品，可是沒什麼感興趣的東西。不過我大概可以理解到，那裡什麼都有賣。腳踏車、超級跑車——我是說眞的超跑。衣服、生物、家具、香料、日本刀、槍、毒品、讓人長高的藥。

「我根本沒心情慢慢逛，只想快點離開。然後我在某家店忽然看到想要的東西，就買下那樣東西回去了。我可以發誓，小時候那些事，我眞的一直都忘了。」

「你那時候想要的是什麼？你買了什麼商品離開了？」

「是……」

「說啦，那時候你不是也沒錢嗎？」

裕司低下頭去：

「想不起來……不……好像有名字。好像是……棒球選手的慧根吧……？」

「好像？棒球選手的慧根？那什麼東西？類似樹根的東西嗎？」

「不是啦。那沒有形體。沒有實體。不過只要得到它，棒球就可以打得很好。」

「那……這裡可以買到才能嗎？」

「不知道。總之我好像買了那東西。我眞的不是很清楚。那東西非常非常貴，可是它就是我想要的。我覺得它比模型玩具、電動遊戲那些更値錢。當然實際上也比那些東西更有價值。然後……」

泉只是默默聆聽下文。

「棒球選手的慧根——我如此稱呼這件沒有形體的商品，是一個人口販子在賣的。至於我怎麼會知道他是人口販子，因爲他不管怎麼看就是個人口販子。他說：『小弟弟，如果你沒錢，可以用跟著你的那孩子來抵。這樣一來，你就可以立刻離開這裡了，一舉兩得啊。』我眞的是瘋了。可是當時我眞的走投無路了。我非買東西不可，否則無法離開。

「人口販子的攤子深處站著整排抓來的孩子。他們像娃娃一樣杵在那裡，每一個眼神都死氣沉沉。『你懂吧？』人口販子說。『你實在很幸運啊。如果不是今天，而是昨天遇到我，你們兩個現在都擺在這兒賣了。但今天是夜市，你們是客人。夜市把你們當客人。可是如果什麼都不買，淨是在這裡頭閒晃，夜市很快就不會再把你們當客人了。如此一來，你跟你弟弟都要變成這兒的商品了。喏，你可以離開喔。你想要買什麼？這裡什麼慧根都有賣喔。你想要變成哪方面的天才？』」

裕司的表情完全僵硬了。泉察覺他做了什麼。

「所以，身上沒錢的你……」泉的聲音有些顫抖。「把弟弟賣了？是這樣嗎？」

裕司沉默片刻，開口：

「我以爲那是一場噩夢。要從噩夢中醒來，只有一個方法。一見到那種慧根，我就好想要好想要，想要得不得了。相反地，我覺得弟弟對我是可有可無。人口販子慫恿我說：『買賣結束後，你就可以回家了。放心，你擔心的狀況都不會發生的。』我小聲對弟弟說：『要離開這裡，只能這麼做了，我一定會帶爸爸媽媽還有警察回來救你。』弟弟只是一直哭。反過來也是有可能的。也就是弟弟賣掉我這個哥哥，離開這裡。可是弟弟一直哭，他完全無法思考。人口販子很清楚我們兩個誰才是該做買賣的對象，他只跟我一個人談。

「沒錯，我這個人爛透了。妳不用那樣看我，我自己很清楚。」

裕司伸手覆額：

「繼續說下去吧。我一得到想要的東西，夜市就消失了。有人發現我倒在神社，把我帶回家。妳猜，我弟弟怎麼了？」

「怎麼了？」

「醒來的時候，我人在自己的房間裡，我立刻去看隔壁弟弟的房間，心想他或許已經回家了。但奇妙的是，才一個晚上，弟弟的房間就變成我爸的書房，裡面擺著書架和樂器。」

「一個晚上？這太奇怪了吧？」

「當然奇怪。可是就一個晚上的工夫。我弟弟消失了，變成從一開始就不存在。雖然我記得他，但我爸媽的記憶裡面已經沒有他了。然後我弟弟存在過的一切證據都消失了。我對大人說：『弟弟還在神社，他被人口販子抓走了，要去救他才行。』可是沒有人理我。我在大人懷疑我精神有問題前，就不再提起變成根本不存在的弟弟了。

「後來我的棒球技巧一飛沖天。以前我一直打得很爛，但就好像突然可以自由運用原本不聽使喚的肌肉、可以精準抓到原本掌握不到的接球和打球時機，我改頭換面，變成少棒聯盟的王牌投手了。眞的讚透了。升國中以後，我也繼續打球。可是從那時候開始，我漸漸覺得打棒球沒意思了。還有罪惡感。隨著日子過去，夜市的記憶變得就像遙遠過去的一場噩夢，我卻一直有種無法擺脫的、無法解釋的罪惡感。」

裕司說明他所感受到的罪惡感。

少了弟弟還滿不賴的。可以一個人獨享點心、獨占媽媽。少了那個動不動就哭哭啼啼、礙手礙腳的鼻涕蟲……眞的很不賴。而且我沒有責任。我還是個小孩子，大人都說我有弟弟，只是我在「幻想」而已。警察也不會指控我弄丟了弟弟。我不會被抓。我可以高枕無憂。可以高枕無憂才對……

可是，爲什麼我會有這種感受？爲什麼看到自己擊出的全壘打飛上藍天時，我會有種想哭的衝動？

「當然，我一直告訴自己：我從來就沒有什麼弟弟，夜市的記憶，只是小時候作了奇怪的夢。棒球是我與生俱來的天分，完全不需要引以爲恥。我大概有七成信了這話。」

「那剩下的三成呢？」

「我無法相信。因爲我可以感覺到夜市。所以小時候才會誤闖夜市也說不定，也有可能是因爲誤闖了夜市，才有了這種能力。就好像消費過一次，店家就會一直寄廣告信來，我知道哪裡有夜市，或是即將有夜市要發生了。」

「夜市要發生？這講法很奇怪啊。」

「不，就是『發生』。和颱風、龍捲風是同一類的。我不太清楚原理，不過只要某些條件吻合，夜市就有一定的機率會發生在某處。大概是相隔一段週期。或者夜市是恆常存在，它的入口在我們的世界週期性出現。」

「而你感覺得到。」

「嗯。飛鳥、蟲子、蝙蝠會告訴我。用非語言的話告訴我夜市靠近了，就像即將下雨之前那樣，只能說是夜市氣息的感覺一點一滴地塡滿空氣。每一次感覺到，我所相信的一切就會嘩啦啦崩潰，我會想起弟弟、想起棒球選手的慧根。我會摀住雙耳，縮成一團，等待夜市的氣息過去。我怎麼會做出那種事？再怎麼後悔都太遲了。我只能等待天氣轉晴。」

黃昏時分，蝙蝠、蟲子和壁虎訴說起來。昨天牠們不會說話，但現在牠們在訴說。明天或許不會說話，但現在牠們在訴說：

今晚有市場。

我穿著渾身泥巴的球衣，獨自走在住宅區，仰望風中嘩嘩作響的樹木。那天要來了。那天是什麼？不知道。和新年、聖誕節完全相反的日子。更加陰暗許多的祭典。醒來就會遺忘的夢中詭奇氣息成眞的日子。爲什麼我知道？因爲……風代替少年回答了：

因爲你去過一次啊。你把你弟弟賣了，不是嗎？

「說到棒球，上國中後，雖然覺得棒球愈來愈沒意思，但我還是繼續打。那時候我是投手，我投的球沒人打得到，只要揮棒，就能擊出安打。然後我靠著體育保送，進了棒球強校的高中。可是我很鬱悶。一直很鬱悶。」

「眞的嗎？雖然你這麼說，但你當時是個風雲人物吧？」

聽到泉這麼說，裕司一臉意外：

「有嗎？我是風雲人物？」

「不是嗎？」

泉語塞了。泉和裕司讀同一所高中，他們高中的棒球隊打進甲子園，裕司也是其中一員。

少年滑壘得分，高舉雙手，滿面笑容地握拳比出勝利姿勢，隊友們紛紛拍肩道賀。這是泉對高中時代的裕司爲數不多的記憶之一。她也覺得當時的裕司，和眼前的裕司判若兩人。

「我才不是什麼風雲人物。如果說我是英雄，那也只有打棒球。坐在教室的時候，我只是個不起眼的大平頭男生。我不受女生歡迎，成績不算出色，說話也不風趣。確實，在棒球比賽大出鋒頭的時候，我是矚目焦點，但就這樣而已。」

裕司自嘲地說。

「那都是過去的事了。我早就忘記了。眞是單純。小時候很流行棒球漫畫，所以我才會迷上棒球。可是我打得超爛，老是被少棒隊裡的隊友嘲笑。我眞心想要打得更好，可是那只是三分鐘熱度。在國中、在棒球隊頂著一顆大平頭，每天肌力訓練、撿球、慢跑，結果棒球退燒了，換成籃球開始流行。因爲當時有部籃球漫畫走紅……」

「太蠢了吧？結果只是跟風嗎？我還以爲你不會搞這套。」

「眞正的理由是……我有個喜歡的女生。就在夜市出現那時候。那個女生跟我同班，喜歡我們班一個外向活潑的男生，那個男生棒球打得很好。我想要棒球變強，讓那個女生注意到我。」

「她注意到你了嗎？」

「那時候只是小學生啊。老實說，她根本沒鳥我。我的棒球打得比那個男生更好了，但隔年的情人節，那個女生送了巧克力給另外一個男生。」

「眞慘。」

「是啊。我還賣了弟弟呢。不管怎麼樣，根本沒必要是棒球，也沒必要是運動才能。我開始覺得，我是不是還有更多的可能性？是不是還有棒球以外的選擇？與此同時，我也覺得自己沒有資格、也沒有能力去做別的事。就連我唯一的長處，都是賣了弟弟換來的。除此之外，我還會什麼？然後，高二的時候我們球隊打進了甲子園。比賽結束後，我從高中退學，和棒球斷了關係。那個時候，棒球對我來說不僅毫無樂趣，甚至純粹只會讓我痛苦。」

「如果你沒有逃避，應該已經變成職棒選手了吧？」

「應該沒辦法。或許可以，但一定無法成爲一流選手。我得到棒球選手的慧根，只是提高原本差勁到家的我的棒球能力，並非保證我擁有不輸給任何人的一流能力。就連在甲子園，也有許多能力比我更優秀的選手。我自己的實力，我自己最清楚。我不是天才，只是棒球打得比別人好一點罷了。而且我不喜歡慢跑、肌力訓練，也不喜歡運動社團的學長學弟制。」

「然後呢？」

泉催促下文，但裕司沒有回答。

「你說你不知道怎麼回去，把我拖著走了老半天，到底是想做什麼？」

「夜市的特性，要我形容，我也不會說，所以我覺得應該實際體驗一下。我自己也是第二次來而已，因此想要確定一下，是不是眞的不買東西就不能離開？可是看來是眞的。這裡就是我小時候誤闖的那個市場，不買東西就出不去。」

「可是地點不一樣吧？」

「這可難說。我覺得是同一個地方。我覺得地點應該無關。或許地點隨時都在變動，或是到處都有入口，不管從哪裡進來，都會來到這裡。」

泉望向手表。時針指著六點。已經是黎明時刻，四下卻依舊一片漆黑。攤販也完全沒有要收攤的樣子。

「早上了——」

裕司打斷說：

「這裡沒有早上。我還記得，我當時一開始也是在等天亮。可是天一直沒亮。除非買東西，否則夜市會永遠開下去。在這裡，外面的時間是靜止的。」

懼色在泉的臉上擴散。她原本以爲就算走不出去，終究還是會天亮。即使走不出夜市，等到夜市收攤就行了。

「冷靜下來。」

「不會天亮？爛死了！」

泉哭了出來。

裕司垂下目光，默默不語。

泉尋思起來。

如果可以買到才能，我會買什麼？不管買什麼，或許都是一樣的。比方說，就算買了鋼琴的才能，琴藝變得高超，世上還是有好幾百個鋼琴大師吧。要靠鋼琴餬口應該很困難，不值得為此賣掉手足。

美貌的才能。她對變美感興趣。身為女人，這是理所當然的。但如果這意味著變成不同的另一張臉，就如同她從來不曾想過要整形一樣，她也不會想要花錢買到美貌。

說穿了，自己或許沒有想要的東西。目前是沒有。

泉停止哭泣：

「那……這次你打算買什麼？」

裕司正欲回答，一旁傳來話聲：

「咦？兩位，又見面了。」

那是一手提著出鞘日本刀的大衣獵帽老紳士。出鞘的刀子怵目驚心，但老紳士眼神溫和。

「太好了。」泉望向老紳士，眼神像在求救。「你說你會為我們帶路。」

老紳士爽朗地笑道：

「我是這個打算啊。那，你們找到想要的東西了嗎？」

「我們沒有要買，我們想回去。」

「只想回去？什麼都不買？」

「對。」

泉飛快地瞄裕司一眼。她心想，如果你不願意，我一個人回去。

「這可難了。這個地方如果不買東西，就無法離開。有這樣的咒力在作用。」

「這我已經聽說了。可是到底要買什麼才好？」

「慢慢逛、慢慢挑，才是享受這個市場的方法。我也覺得，每個人都有他非買不可的東西。而那場買賣，就是離開這裡的方法。因爲只要買了東西，想要回去的瞬間，立刻就可以回去了。我已經買到這把刀了，正打算稍微逛一逛就回去。」

「不好意思，請別這麼快走。請問……如果不買東西會怎麼樣？」

「不買東西就麻煩了呢。我完全無法想像會怎麼樣。會被夜市的毒氣侵蝕，變成妖怪，或是被市場吃掉……總之不會有好下場。」

一直沉默的裕司開口了：

「你知道人口販子嗎？」

泉和老紳士同時望向裕司。

「知道。」老紳士睜圓了眼睛，接著稍微壓低聲音說：「人口販子是吧？我知道。呃，你要去他那裡買東西？」

「我想買的是——」裕司露出笑容。他的眼睛沒有看泉，也沒有看老紳士。

「我弟弟。我想買回我弟弟。」

泉和裕司在老紳士引導下，經過無垠森林中的道路。

兩人向老紳士說明狀況。

「人口販子啊。你弟弟會在那裡嗎？」

「不知道。畢竟都那麼久以前的事了。」

「裕司，別怪我這麼說，可是我覺得你弟弟已經不在了。」泉插口說道。

十年前賣掉的東西，不可能到現在還在。

「或許吧。但我還是想確定看看。」

泉立下決心，停下腳步開口：

「你打算賣掉我對吧？」

走在前頭的裕司和老紳士回頭。

「什麼?」

「我知道。我可不是傻子。」

「妳誤會了。」裕司蹙起眉頭。「我怎麼可能這麼做?」

「你們還好嗎?」老紳士說。「要不要我迴避一下?」

「沒關係,請留下來。」泉說。她眞的希望老紳士在場。

「你就老實說吧。你打算賣掉我,然後向人口販子買其他的才能。如果不夠,再補上你的七十二萬圓。這次要買精心盤算過的、適合自己的才能。對吧?」

裕司搖頭:

「坦白跟妳說吧。我會來這裡,是爲了買回我弟弟,我再也不想買什麼才能了。妳跟這件事完全無關。把妳帶來夜市,我眞的很抱歉。我絲毫沒有要賣掉妳的打算。」

「不要騙我喔。」

泉警告說。如果裕司眞的不打算賣掉她,在這裡分手不是好主意。她的錢包裡只有兩千圓,手頭沒錢,可能會在夜市的森林裡徬徨到死。

可是，裕司的話真的能信嗎？

「說完的話，我們走吧。人口販子的店就快到了。」

老紳士邊走邊說。

「說到賣人還是被賣，如果被賣的一方不答應，買賣是不可能成立的。畢竟又不是貓狗。」

一頂被青白色光芒照亮的白色帳篷愈來愈近了。遠遠地也能見到帳篷裡站著男孩女孩，就像人偶一樣。

他們每一個都默默地注視著虛空。

人口販子戴著貝雷帽，坐在椅子上抽菸，等待客人上門。人口販子雖然外形像人類，但泉知道他是惡魔。仔細想想，這不就是和惡魔交易的故事嗎？故事裡的惡魔總是一副推銷員打扮，不過直接開家店，讓想要交易的人類自己上門，惡魔也樂得輕鬆吧。

「不好意思。」裕司對人口販子說。泉和老紳士站在後面。

人口販子露出做作的笑容：

「小哥，這兒有你要找的東西嗎？」

裕司做了個深呼吸，切入正題：

「你還記得大概十年前賣到這裡的孩子嗎？大概五歲的男孩。有一對兄弟，哥哥賣了弟弟，換了棒球選手的慧根。」

「噢？」人口販子低吟了一聲。「然後呢？」

「我在找那孩子。」

「那孩子叫什麼？」

裕司開口正欲回答，卻說不出名字。一段漫長的空檔。

「……不知道。」

人口販子露出傻眼的表情，就像在嘲笑：

「那，那個孩子有什麼特徵？」

「是個男孩……五歲……或六歲……」

「男孩？五、六歲？還有呢？」

「不知道。」

「你這等於是在向肉鋪子這麼問喔：你記得十年前這裡賣出去的一塊肉嗎？只是我也不知道那是什麼樣的肉。什麼跟什麼啊？」

裕司低下頭。

「其他孩子不行嗎？我有好貨喔。男孩女孩都有。」

裕司搖頭。

「哼。」人口販子哼了哼鼻子。「如果你要的東西確實在這裡，只要付了該付的價錢，東西也不是不能給你。但你不記得名字，連長相都不記得了吧？那我也可以跟你說：這裡頭有你要找的男孩，就是他。不過除了我的話以外，沒有任何保證。這樣你還是要買下那孩子嗎？我說這話可是一片好意。就跟你實說了吧，十年前賣剩的孩子是有，不過大部分都賣掉了，不在這裡了。」

「讓我看賣剩的孩子。」

「只能看喔。」人口販子說。

「你弟弟長什麼樣子？他的手上有沒有燙傷的傷疤，還是左臉頰有長毛的痣那些……」泉插口說。

「我不記得了。」

裕司和泉看了幾個人口販子指示的孩子。每一個都穿著短褲，眼睛陰沉麻木，不發一語。好像是活的，但比起人類，更像人偶。一定不是——裕司喃喃道。

「這些孩子不會說話嗎？不能問他們嗎？」泉問。
「他們凍起來了，免得變老。沒有人買，我可不會解凍。」
「被賣掉的孩子會怎麼樣？」泉不是問人口販子，而是問一旁閒閒無事地甩著刀子的老紳士。因爲她連一句話都不想和人口販子交談。
「被某人收養，在那個人所屬的世界某地，以不同的名字長大。除了這類美麗幸運的特例，關於他們的死亡，妳最好還是不要知道。」
「賣掉的孩子還找得到嗎？」
「要看情況，但應該很難，比查出十年前在超市買下某塊豬肉的人住在哪裡還要困難。畢竟這裡是夜市，許多世界重疊在一起。連被帶去哪個世界都不知道。」
老紳士說完，望著一籌莫展的裕司問：
「你要怎麼做？」
「沒辦法呢……」裕司無力地微笑。
老紳士溫柔地點點頭：
「你最好死了這條心。很遺憾，但實在經過太久了。」
「好啦，既然如此，我就來揭曉謎底吧！」人口販子笑著指向其中一名男孩。

「我還記得十年前賣了弟弟的那對兄弟。喏，那個穿短褲的男孩就是你弟弟。恭喜。」

「怎麼可能？」裕司板起臉孔，一副絕無可能的表情。

老紳士凌厲地瞪向人口販子：

「你剛才不是說不可能知道是誰嗎？」

「那當然是在考驗哥哥啊。哥哥能不能認出在十年前消失、只存在記憶中的幼童，我實在很好奇嘛。」

人口販子露出狡猾到家的惡意笑容。

「我才不信。」

裕司望向人口販子指示的賣剩男孩——年約五歲的孩子。他穿著黑色短褲、白襯衫別著蝴蝶領結，看起來像是會在私立幼稚園畢業典禮上看到的小孩。

男孩剪了顆瓜皮頭，膚色蒼白，陰暗的眼睛怔怔地看著裕司，但眼中沒有任何感情。不，如果有的話，就是絕望嗎？

「在這裡的他，被剝奪了一切。衣服當然是我準備的，用來增加商品賣相。原本的衣服和東西都丟了。不過這孩子就是你在找的人。錯不了。」

「可是……」

「可是？噢，無所謂啊。你無法相信，對吧？那是你的自由。你弟弟運氣非常好，一直在這裡等著你。你在這裡見到除了衣物以外，和分開那時候一模一樣的你弟弟，可是無法相信，所以掉頭離開了。這樣很好。反正你想要的一定不是你弟弟，你去找其他想要的東西，回原本世界吧。反正我也不知道要怎麼做你才會相信，只是實話實說而已，不會想方設法要你相信。說到底，既然你什麼都想不起來，這就是相不相信的問題了。如果你相信這孩子是你弟弟，那他就是你弟弟，不相信的話就不是。眞相究竟是什麼，由你來選擇就行了。」

「他眞的就是我弟弟？」

「我這麼認為。」人口販子對裕司點點頭。「你無從得知我是不是在撒謊。這裡的買賣可不接受客訴，也沒有鑑賞期，你最好仔細考慮。不過就算要買，價錢也不便宜喔。小孩子本來就是値錢貨。不過這孩子是賣剩的，看你的誠意，稍微算你便宜一點也行。」

「你覺得呢？你覺得他眞的是我弟弟嗎？」

裕司問老紳士。老紳士神情茫然，泉扯了扯他的袖子。

「就算問我，我也……我覺得可能性很低。你弟弟有什麼特徵，真的完全想不起來嗎？」

裕司放低音量：

「很遺憾，我真的想不起來。夜市也會有詐欺嗎？」

「嗯。詐欺在夜市裡是犯罪，應該很少見，但還是不無可能。」

「我剛才也說了，不買無所謂。」人口販子說。「如果你買得不甘不願，我也過意不去啊。」

裕司轉向人口販子：

「以前我用弟弟交換了棒球的才能，現在我想要賣掉那項才能，買回我弟弟，可以嗎？」

人口販子傻眼地張口：

「沒辦法。」

「沒辦法……」

「就單純沒辦法。你懂嗎？一個孩子的價值，不是你想得那樣。而且跟你的棒球才能交換，我可是虧大了。用錢買賣才直接了當。如何？」

「那，多少錢？」

「嗯？你出多少？不不不，咱們就別拐彎抹角，你身上有多少？」

「七十二萬圓。我沒裝窮，這是我身上所有的錢了，再多一毛錢都出不起。」

人口販子的笑容凍結了。

「我說你啊，你以爲七十二萬圓就買得起一個人類——一個人類小孩嗎？」

人口販子的態度就像老師訓斥笨學生。

「啊？你以爲買得起嗎？這點錢連部車都買不起呀，難道不是嗎？」

「可是我只有七十二萬圓。」裕司的眼眶盈滿淚水。

「這要看怎麼想吧？」老紳士插手情勢不利的買賣談判。「拐來的孩子幾乎不用本錢吧？而且又不知道這孩子是不是他在找的弟弟。就算買錯，也不能退貨。再說，這孩子是賣剩的吧？擺十年都賣不掉，不能保證往後一定賣得掉，到時候誰要收？但對他來說，七十二萬圓是一大筆錢。如果還是買不起，他也只好死了心，到其他攤子買別的了。」

人口販子嫌礙事地盯著老紳士：

「不管誰說什麼，七十二萬圓都太離譜了。你們走吧。」

「多少錢你才賣？」

「把你剛才說的那些全部考慮進來，大概三百萬吧。」

「那就買不起了。我們走吧。」老紳士說。

「七十二萬圓，再加一個人。」

裕司斬釘截鐵地說。

泉從店面退開一步。

「這樣的話……我可以考慮，不過……」

人口販子謹慎地說。

「老人我可不要。年輕人嗎？男人？還是女人？喂，你要賣誰？那邊那個女孩子嗎？」

裕司望向泉。

「我……我絕對不要！而且我又不是你的東西……」

「對不起。」

「啊？你說什麼？」

「把妳買東西的機會讓給我吧。請妳買回我弟弟。在我心底深處，我一直一直很想死。這讓我如願以償。」

泉立刻理解裕司的意思。人口販子同時理解，他拍了一下手：

「原來如此，你嗎？很好，你很年輕。七十二萬圓，加一個年輕人，這筆交易很划算，不過你眞的這樣就行了嗎？」

「怎麼可能行？不要做傻事！」老紳士厲聲制止。「要是眞的成了那傢伙的商品，你永遠都沒辦法回到原本的世界了。」

「這樣就好了。有一天，我忽然興起一死了之的念頭。高中時，我和交往的女友在咖啡廳消磨午後時光，忽然想：啊，已經夠了。我沒辦法解釋我怎麼會這麼想。那日是冬季的某個陰天，那個女生長得很漂亮，話不多，就像個面無表情的洋娃娃，不管我說什麼，她的反應都只有『呵呵』、『好厲害』這些。我們的對話就像在揮拳打毛巾一樣沒勁，這時她突然說：『我朋友跟棒球選手上過床喔。』她說她朋友碰巧在沖繩的酒吧遇到一個叫什麼的職棒選手，跟他有一夜情。」

「呃，裕司，你在說什麼？」

「就我所知，我那個女友沒有半個稱得上朋友的女性友人，而且她說的話完全不能信。可是她說的這件事聽起來好眞實。她提到這件事的瞬間，我當場討厭起那家咖啡廳、討厭起那個女生，還有她提到的那個朋友了。可是就算討厭，也無法改變。一個人在某個時刻出生在某個地方、遇到哪些人，這些都不是因爲討厭就可以改變吧？從那天開始，我就一直想死。活下去讓我覺得好可怕、好累人。」

泉搖頭，老紳士也搖頭。

「無法理解呢。」泉說。

「我也無法理解。你們知道嗎？那個女生的口氣就像在炫耀。『我朋友跟職棒選手上過床！』」

「我不是說那個女生無法理解，是說你。這又怎樣？這根本是雞毛蒜皮的小事吧？又不是你女友劈腿，是她朋友吧？」

「她後來接著說：『裕司你也快點當上職棒選手喔。』當她說完，呵呵一笑，瞬間我領悟到自己一直以爲很重要的事物，其實根本不怎麼重要，別說重要了，根本就是垃圾。就算是這樣，也無法改變。它就只是存在那裡，它就是『現實』。」

「完全聽不懂。」

泉說著，卻也認爲如果換成她是裕司，比方說自己是未來的鋼琴家（她兒時夢想一直都是成爲鋼琴家，雖然家裡根本沒鋼琴），被男友說「我朋友跟知名音樂家某某某睡過，妳也快點變成職業鋼琴家吧」，一定噁心到不行。如果置身的世界是這副德行，確實會想死也說不定……可是，雖然這的確滿慘的，但比這更慘的事，世上多得是吧？

「最後，我決定要把弟弟買回來，自己去死。我可以代替弟弟被賣掉沒關係。我不在乎……」

「你在說什麼啊？那我怎麼辦？被留下來的人怎麼辦？你把自己的命當成什麼了？就因爲一個爛女人說了垃圾話，你就要去死嗎？就算你身邊全是垃圾，也不代表這整個世界都是垃圾吧？」

「我對妳感到很抱歉。妳可能會覺得被我拋下，但我的父母不會有感覺，其他人也是。就像我弟弟以前那樣，我也會變成不曾存在過。他們不會悲傷，因爲他們並不覺得失去了什麼。這不是很棒嗎？不是『死掉』，而是『從來不存在』。世上有哪個自殺者能夠抵抗如此美好的條件？這個世界應該到處都有這樣的交易在進行——無人發現、不爲人知地進行。我會消失，我弟弟會替我留在這世界。這是我的願望。」

「可是，這孩子搞不好不是你弟弟啊！」

「如果他不是我弟弟，那也沒辦法。我解救了一個被拐走的不幸男孩，然後從這個世界消失。」

「可是……」

「請妳諒解。而且……妳發現了嗎？這樣下去，妳沒辦法離開這裡。妳身上沒有多少錢，想要離開夜市，就只能賣掉我。只要妳買下我弟弟，就等於在這裡做了買賣。」

「我不要！」

泉嘴上拒絕，其實內心方寸大亂。

沒錯，她一直模糊地以爲只要裕司買了東西，自己也可以回去，但確實並非如此。裕司買了東西，可以回去的就只有他，自己會被留在這個怪物市場。這根本就是陷阱。

「我不要……」泉低語說。「什麼不能回去，你身上有七十二萬圓，拿個四十萬買別的東西，剩下的三十二萬借我就好了啊。回去之後我馬上還你，要算利息也可以……」

「對不起。」裕司笑道。「我拒絕。」

「這太殘忍了……」

「沒錯，我是個殘忍的人。不管妳再怎麼裝出大善人的樣子，都不可能感化我。二選一。賣了我，買下那孩子，離開這裡，或是一個人留在這裡。如果妳願意，我也可以賣了妳。這樣我弟弟一樣可以回來。勸妳不要再搬弄無謂的良心了。」

「你太狡猾了，我不要，我不想賣了你，買一個莫名其妙的小孩！」

泉的雙眼泛起淚光。

裕司恐怕最初就打算這麼做——從他在住處問泉身上有沒有錢的那一刻開始。

「那妳就代替我被賣掉吧。我弟弟有權利回到原本的世界，絕對有。我不惜任何代價，都要讓他回去。」

裕司堅持己見。泉無可反駁。裕司面露僵硬的笑容，將視線從泉的身上轉開。

「成全他的願望吧。」老紳士插口道。「毫無疑問，這是個愚蠢的決定，但妳的生命是屬於妳自己的。」

裕司重新轉向人口販子說：

「雖然她不願意，但我想要被她賣掉。我把錢和我自己給你，請把我弟弟交給她。然後用這場交易，讓她離開夜市。辦得到嗎？」

「當然沒問題。」

人口販子顯得很開心。

「太好了。」

「我確認一下，那男孩真的是這位青年的弟弟吧？」老紳士瞪著人口販子問。

「當然是了。」人口販子微笑。

「契約成立。」

人口販子沒有特定對象地宣布，聽起來卻像在說給某個人聽。

「我和這位小哥是第二次簽約，有第一次的情分，所以……這也是沒法子的事吧？」

這時，泉聽見一道上鎖般的「喀鏘」聲。

那是宣告夜市買賣成立的聲響，還是老紳士行動時刀子敲到東西的聲響？

老紳士的動作電光石火，精準俐落。

沒有威嚇、宣告或遲疑，老紳士衝上前，刀起刀落。

人口販子的腦袋在泉面前被一刀兩斷。

老紳士的刀子揮砍到底。

腦袋滾落地面。

裕司大喊著。

老紳士扯開嗓門：

「這傢伙搞詐騙！在這座神聖的市場，交易應該童叟無欺，他居然想以假充眞！既然如此，今天這下場，也是他自找的吧？」

人口販子腦袋搬家，脖子噴出汩汩鮮血，雙手伸向裕司，就像在尋找什麼，裕司嚇得後退且跌坐在地。人口販子的身體轉向，要走向泉，老紳士揮刀將其砍倒。

茫然自失的泉，眼前陷入一片黑暗。

光線愈來愈微弱。攤位燈光逐漸黯淡，傳來潮水退去的聲響。

在泉轉暗的視野當中——

只見老紳士朝著跌坐在地、睜大兩眼的裕司，慢慢地舉起刀子。

「詐騙？你怎麼……」

「那個男孩不是你弟弟。因爲你弟弟老早以前就……」

老紳士扔掉刀子。

人口販子的攤位燈火熄了。

散布在森林各處的燈火一盞盞消失了。

逐漸轉暗。

許多孩子無聲無影，卻留下感知得到是孩子們發出的長長歡呼聲，穿過泉的兩側跑掉了。

對啊，人口販子死了，孩子們可以回到原本所在了，泉心想。

希望如此。

伸手不見五指的漆黑籠罩四下。

放眼四望，遠方兩盞燈籠火光並排著。存在的燈光就只有那裡。泉在黑暗中朝向燈光走去。奇妙的是，她沒有絆到石頭，也沒有撞到樹木。

穿過並排的燈籠之間，忽然一陣天旋地轉。

泉閉上眼睛，同時夜市熄燈了。

接著入夢，化爲夢的一部分。

在夢中，泉走在黎明的森林裡。已經看不到任何攤位了。風從地面吹上天空。黑暗粒子被捲上天際，四下充斥著明光。是秋季通透的拂曉晨光。附著在森林宛如煤灰的大量幽黑，被風與光洗滌殆盡。

穿過森林，來到海邊。

天空覆蓋著驚人的烏雲。飛上天際的煤灰被吸入雲裡。仰望自己剛離開的森林上空，就像正下著黑雪，只不過是逆向的，煤灰自地面升往天空。

形成一團漆黑巨大的塊狀物。

儘管說是一團雲，但其實應該是屬性迥異於雲的其他存在。

風將那團巨大的塊狀物推向大海。強風從四面八方颳來。很快地，覆蓋頭頂的烏雲完全離開陸地，成爲水上浮雲，逐漸消失在水平線彼方。泉任由髮絲在風中飛揚，目送直到最後一刻。

不久，夢被現實替換。

上午十一點。

臨海的海角懸崖有一座小燈塔，泉就坐在燈塔下。

日正當中，帶著潮香的微風自海面徐徐吹來。

泉就這樣坐了好久。口乾舌燥，屁股發痛，腦袋深處罩著一層迷霧。

夜市離開了。

一旦消失，就連它曾經存在過的事實都變得可疑。

泉想要思考夜市的事，卻搖了搖頭，中斷思緒。明明才昨晚而已，卻變得那樣模糊不確實，就彷彿要試著回想起嬰兒時期的記憶。

有人在旁邊。

泉察覺到氣息，轉頭一看，大衣獵帽男子背靠著燈塔，正在看海。

兩人沉默半晌。

泉等待著。不久，男子開口了：

「要聊聊他的弟弟嗎？」

這樣就心領神會了。

「好。」

「那裡的那個男孩不是他弟弟。他的弟弟……哥哥賣掉弟弟的那日，弟弟就從人口販子那裡逃走了。他衝進看到的攤位裡，買了『自由』。他不知道那是什麼。沒有形體，只能說是『自由』。」

泉點點頭。

「自由。對它的定義，是因人而異，不過在當下，那意味著暫時逃離人口販子拘束的自由。買下它的代價，則是『年輕』。如果不是幸運地剛好買到自由，弟弟一定立刻就被人口販子抓走了。」

獵帽男子繼續說下去。

哥哥把我賣了——理解這件事的瞬間，男孩立刻判斷不可以只能哭泣。他拔腿就跑。他的當機立斷實屬幸運。因爲人口販子正要伸手揪住男孩的肩膀。男孩舉足狂奔，人口販子就要追上去的那一刻，剛好有個鬼拉著牛車穿越馬路，擋在兩人之間，協助男孩逃脫。

男孩全力奔跑，頭也不回、也不管是在叢林裡面，死命地跑。男孩被藤蔓絆到跌倒，抬頭之後，衝進眼前一頂小帳篷。

小帳篷裡，深處坐著一個皺巴巴的老太婆，問男孩：你是來買東西的嗎？男孩情急點頭。人口販子在追我，救命！男孩向老太婆求救，老太婆卻無動於衷。再給你十秒當客人的時間，你要買什麼？

牆上陳列著面具和衣服。

五歲的男孩不知道「自由」這個詞。那純粹是他由衷渴望的無形商品。

「這樣啊……」老太婆並不在意男孩說不出商品的名稱。「那就拿你的年輕交換吧。這是你現在身上僅有、唯一能賣的東西。」

喏，披上那邊的長袍。

戴上牆面的面具吧。

少年依言照做。

你可以走了。你得到想要的東西，我得到你的青春，交易完成了。

轉頭一看，坐在那裡的不再是老太婆，而是膚色白皙的妙齡女子。女子嫣然微笑。

男孩買下自由離開店裡時，人口販子正東張西望地走過來。男孩準備認命，俯首就擒，沒想到人口販子看也不看他一眼，直接經過。怎麼回事？人口販子沒有發現站在那裡，穿斗篷、戴面具的人，就是他在找的五歲男孩。也許是剛買的「自由」發揮效果。

男孩想要離開夜市。因爲買了東西，夜市釋放了男孩。

早晨造訪了周圍。

男孩走出森林，摘下面具。因爲他想摸摸自己的臉。接著男孩呻吟：啊……存在此處的，是一個男人。不是少年，不是青年，而是人們應該會稱爲中年人的男人……

他長高了。

因爲他上了年紀。

鬍鬚和頭髮都恣意生長。難怪尋找五歲男孩的人口販子會沒有發現他。

但事情不是這樣就結束了。

昨天還是男孩的男子所迎接的早晨，並非原本世界的早晨。

並非截然不同。這裡住著人，有電車、有飛機、有戰爭、有資本家和勞工、有宗教，是和原本世界非常相似的地方。不僅是相似，甚至可以說幾乎一模一樣。連語言都一樣。

雖然說不上來，但空氣感覺不一樣。如果男孩是大人、更瞭解原本的世界，或許可以列舉出兩者間的不同，像是動植物的不同、流行文化的不同、政治人物、藝人等名人的不同、歷史的不同等等。

但對於直到不久前還在幼稚園用蠟筆畫消防車的男孩來說，說到哪裡不同，就是那裡沒有男孩可以回去的家。

男子在這個世界流浪。

孑然一身、身無分文、也不年輕的那具身體主人，卻是擁有五歲心靈的幼童。這是一段殘酷的旅程。淚水沒有乾枯的一天，他不停哭泣，一次又一次踏進鬼門關。每一次克服，就又成長一點。

男子尋找家人和原本的家。

因爲他起初相信它們一定存在某處。很快地，男子被這個世界的警察抓走，送進這個世界的機構。男子贏得機構職員的喜愛。因爲撇開外表不談，男子擁有一顆純潔的心，而且雖然無知，卻能以從他外表年齡無法想像的速度吸收知識。

透過機構的職員及在裡面認識的朋友，男子逐漸融入這個世界。但是男子的心底深處，有著無人能夠理解的恐懼和希望。是追捕他的人口販子幻影，以及夢想著有朝一日能夠回歸的原本世界幻影。

想回去原本的世界。

即使到後來他甚至忘了原本的世界什麼模樣，仍不斷地企盼著。

他記得一幕情景。

在陽光灑落的檐廊上，男孩正在用蠟筆畫圖。哥哥在一旁寫算數練習題。

母親端著盤子過來了。

「今天的點心是可麗餅喔。」母親說。

「什麼是可麗餅？」哥哥問。

「媽媽試做的，吃吃看。」

盤子擺到男孩面前，上面放著熱呼呼軟綿綿的黃色食物。嘗一口，甜甜的，味道和從外表聯想到的蛋包飯不同。

哥哥看男孩，微笑說：好好吃。男孩也看著哥哥微笑。

母親探頭問：好吃嗎？

兩人齊聲應答：

「好好吃！這是什麼！」

「好吃？那下次再做。」

「可可餅！」

哥哥訂正：

「是可麗餅。」

可麗餅三份，最後一份一人一半。電視卡通播放時間快到。兩人等著看卡通。

男子想，哥哥長什麼樣子、媽媽長什麼樣子、可麗餅又是什麼味道？一切都變得模糊不清。因爲母親再也不會爲男孩做可麗餅了。明明是才不久前的事，卻是發生在遙遠異世界的事。

男子從頭依序思考。

自己通過某種門來到這裡，如果要回去，就必須反過來再穿過那道門。方法大概只有一個，那就是再次遇到讓他來到這個世界的門——夜市。但夜市裡面有惡魔。必須打倒惡魔才行。惡魔……當然就是人口販子。一想到須再次踏進夜市，面對人口販子，男子便一陣哆嗦。

離開機構後，生活不再那麼困難了。男子一面自學，一面在機構介紹的工廠上班，在處理單調的工作同時，學會機器的操作方法。

在機構成爲好朋友的職員有時候會來找他，教他在社會生存的各種眉角。領到的薪水沒有特別的用途，因此扣掉房租和伙食費，幾乎都存下來了。從這個世界的平均水準來看，男子的生活並不算好，但他完全不在意。在夜市買到「自由」的男子，依這個世界的標準來看，並未過得比其他人更自由。但和原本年齡的孩童比較起來，男子不用上學，要住在哪裡、幾點睡覺、三餐吃什麼，一切都自己決定，因此也可以說擁有壓倒性的自由。

生活穩定下來，男子渴望得到知識和力量。

他明白不管再怎麼寬鬆地來看，自己就是無知、愚笨且弱小。男子規訓著自己，爲了打造出強健的體魄，加入那個世界的訓練設施，鍛鍊身體。這是爲了在人口販子出現時能夠挺身抵禦。男子一面鍛鍊身體，一面想像或許總有一天會遇上的狀況。他一次又一次想像：走夜路碰到人口販子時，要如何反擊；回家看到人口販子在房間裡時，要如何反擊；以及自己主動前往夜市，面對人口販子時，要如何打倒他。

他在房門裝三道鎖，口袋隨時藏著刀子和電擊武器防身。

然而實際上，人口販子從來沒有出現在男子面前。即使如此，男子依然片刻沒有忘記人口販子和賣掉自己的哥哥。有些事是想忘也忘不了的。

有一天再次見到哥哥——這是男子活下去的目的。

他沒有想過見到哥哥之後要怎麼做。

那個時候，哥哥叫他待在那裡，說會回去救他。哥哥眞的回去救他了嗎？他從那裡逃走了，這樣做是對的嗎？無法成眠的夜裡，男子一次又一次尋思。但他想不出答案。

哥哥賣了他。

就算是這樣，他也覺得全都是人口販子的錯，哥哥並沒有錯，然而又怎麼樣都無法原諒哥哥賣了他這件事。

到底要怎麼做？見了面再說吧。

有時男子也會想：是不是不回去也無所謂？雖然他在現在的世界吃盡苦頭，但如今大部分的事都已駕輕就熟。就算回去原本的世界，也不能怎麼樣。那裡早就沒有屬於他的地方了吧。再說，眞的有什麼原本的世界嗎？

那會不會是自己的妄想……？

不，不是妄想。他有證據。之前待在機構時，那裡的職員對男子說：你眞是太奇妙了，檢查發現你的牙齒就跟全新的一樣，連顆蛀牙也沒有。一般來說，到了你這種年紀，又是在街頭生活的遊民，牙齒早就爛光了。

一開始的五年就這樣過去了。

夜市又要來了。男子感覺到預兆。

大氣喧鬧不安，風中開始摻雜尖叫和笑聲。

男子知道夜市發生在離他住處有段距離的山腳邊無人荒野。他是透過風的氣味、陽光的強弱、影子的模樣、鳥蟲花草等生物的氣息得知的。夜市的氣息，對於明白的人來說，是千眞萬確的。

男子沒有立刻前往夜市。

光是想到要去夜市，他就害怕得雙腳發顫。

下班後，男子走在傍晚的街頭。他發現前方有一名女孩無精打采地走著。是放學後和朋友玩耍，正要回家嗎？

女孩走向無人小巷。男子幾乎漫不經心地尾隨著女孩，拐進小巷。

男子思忖。

女孩在上學。從服裝來看，是有錢人家的小孩。對比自己，沒有上學，所以連字都不太會寫。雖然他靠著自學努力進修⋯⋯

女孩長大以後，一定會瞧不起自己這種不學無術的工人。他已經有過無數次這種遭人輕蔑的經驗，所以很清楚。

一股怒火油然而生。

明明什麼都不懂。她不懂自己擁有一切、在成長過程中得到一切，所以才能如此高傲。女孩以後一定會和家庭背景相仿的男人結婚，得到幸福。

黑暗的情感在男子心中擴散開來。

要抓住女孩，是輕而易舉。

他有刀子，也有按個鈕就能把人電暈的防身武器。抓了她要幹什麼？把她帶去夜市，然後⋯⋯可以用她換東西吧。要換什麼？

把這女孩賣給那傢伙——

這個想法讓男子震驚。在夜市的氣息造訪前，他幾乎認定自己是記憶有障礙的可悲妄想癖中年男子，也認定不管給他再多錢，他都不願意再次踏進那個可怕的人販市場。沒想到人可以說變就變。

男子縮短了和女孩的距離。

這女孩和原本的我年紀差不多。我知道這是個弱肉強食的世界，而女孩不知道這個道理。這不是過錯，不是罪惡。野獸遇到了獵物，就只是這樣。對野獸來說是幸運，但對獵物來說，是不幸。

野獸會在那一刻發現自己是野獸，獵物則發現自己是獵物。

人口販子或許是故意放他走的，男子想。這個女孩是第一個，但恐怕不會是最後一個。只要夜市發生，我就會帶小孩過去。帶去給那傢伙。沒錯。在內心滋生的黑暗情感，這是詛咒。

男子伸出手，這時女孩回頭了。男子停住了手。女孩的表情沒有恐懼，直勾勾地盯著男子。

男子放下了手。暮色籠罩的狹小巷弄裡，男子和女孩好半晌默默無語地注視著彼此的眼睛。

唐突地，男子開口：

「我是抓小孩的。」

「你要抓我嗎？」

「大概。」

男子沒有動，女孩也沒有動。男子放柔了聲音：

「如果……如果叔叔其實年紀跟妳差不多，是因爲中了邪惡的法術，才變得這麼老，妳願意跟我做朋友嗎？」

說出口的話讓男子驚嚇。我在說什麼鬼話？跟這種素不相識的女孩……

女孩聳了聳肩：

「不知道。反正我不跟男生說話的。」

男子慌了。

「叔叔看起來不像抓小孩的壞人。」

女孩滿懷確信地說。

「那看起來像什麼？」

「像快哭的人。」

男子咀嚼著這話。快哭的人。

一股想要拔腿就逃的羞恥攫住他，同時好想當場放聲大哭。

男子強忍情緒：

「的確……」

「就說吧？叔叔不是抓小孩的壞人。」

「妳住這附近嗎？」

「嗯，我家在那邊而已。」

女孩指向馬路轉角的人家。

「好。那，小心壞人。」

「嗯，叔叔也是。叔叔，其實我也快哭了。」

少女的眼眶泛淚。

男子問：

「爲什麼？」

女孩請男子進家門。

女孩的哥哥臥病在床。

「他們說哥哥的病絕對治不好了。會愈來愈衰弱，骨頭也會慢慢壞掉。」

女孩站在臥床昏睡的青年旁邊對男子說。這天女孩也四處尋找可以治療這種疾病的醫生到很晚。男子明白女孩有多愛她哥哥。

「什麼藥都沒有用。他們說可能撐不到一星期了。」

男子默默地佇立原地。他問女孩病名，女孩告訴他。

男子聽說過那種病名，是藥石罔效的疾病之一。

男子離開女孩家，獨自第二次前往夜市。他的腳沒有顫抖。他離開城鎮，進入荒野，循著感覺到的氣息進入山腳下的森林，夜市正開著。

男子用掉當時幾乎全部的積蓄買了「知識」。

當然，憑他手頭的錢買不到太多「知識」，但對於連小學都沒上過的男子而言，知識比什麼都要來得重要。不管是單純的計算或是閱讀文章獲得知識，對於須邊工作邊自學的男子來說，都非常困難。

這次在夜市，男子得知不買東西就無法離開，以及夜市跨越許多世界的事。過去他在內心推測、但無法印證的事，以及一些誤會，都在這時得到釐清。

此外，男子也得知回到原本世界的方法。知道後，才發現和他以前猜想的一樣。

夜市出現在多個世界的交會點。但一般來說，無法穿過夜市前往其他世界。買完東西的客人，通常都會回到自己的世界。

這是在夜市擺攤的白袍數學教師告訴他的。

販賣數學公式的這名老師爽快地爲他解惑。

白袍數學教師說：

「原本的世界拒絕你的侵入。因爲你在夜市簽了約，不能存在原本世界了。若要廢除這個契約，須和與你簽約的人口販子改約，否則就只能殺了他。」

「改約八成不可能。但你說殺了他，可以殺掉在夜市開店的人嗎？」

「對人類的你來說很困難，我會勸你放棄。在夜市做生意的人，都是夜市的一部分。就算傷害對方，夜市也會讓他恢復原狀。有一次，有人持槍搶奪珠寶商的商品，子彈擊中珠寶商，但傷口一眨眼就復原，珠寶商擰斷了那名搶匪的脖子。

「聽著，關鍵在於——有沒有道理。」

「道理？」

「呵，告訴你吧。聽清楚了，這個世界的神是『夜市』。因爲這裡是夜市。在這裡做生意的人，包括我在內，就像我剛才說的，是『夜市』一部分。就連對我們，『夜市』都是無形不可捉摸，但其中有一套規矩在運作。那是不同於外面世界的法則、做生意的規矩。要是少了這套規矩，那就天下大亂，根本沒法做生意。獅子老闆會吃掉斑馬客人，天翻地覆。」

「是這樣啊。」

「我們就是遵循著這套規矩，作爲夜市的一分子存在。就像剛才的例子，客人殺害老老實實的生意人，這在夜市裡行不通。」

「因爲這樣就壞了規矩，所以市場的神——『夜市』會讓老闆復原。」

「沒錯，領悟得很快嘛。」

「那如果……不老實呢？」

白袍數學教師放低音量：

「你說到重點了。如果不老實，就能殺掉。我說的老實是指生意方面。如果店老闆撒謊……比方說，不能把路邊撿來的石頭，說成是讓人青春永駐的賢者之石拿來賣人。如果有人這麼幹，就算客人生氣宰了店老闆，市場之神也完全不會動怒，反而還會開心，覺得客人幫忙除掉體內的病根。」

「謝謝你告訴我這些。」

白袍數學教師賊賊地一笑：

「我懂了，你要找的人不老實。人口販子是嗎？不過如果想殺他，就得用合適的武器，一擊斃命。這類武器的話，夜市有賣。如何？今天就要動手嗎？」

男子不知所措：

「我還沒決定……」

白袍數學教師點點頭：

「留到下次機會也行，不過你們人類只能進入市場三次。因爲『夜市』認爲，如果可以無限次進來，人類滾滾沸騰的欲望也會被稀釋掉了。這裡不需要只逛不買的客人。總之，要是有機會，千萬別錯過了……」

這晚，男子遠遠地觀望人口販子的店。
目睹的瞬間，一股厲寒竄過全身，他承受不住噁心感，嘔吐出來。
那種店不可能老實。絕對不。
男子輕易找到能治療女孩說的病名的藥。
價格便宜得驚人。男子再三向老闆確定藥眞的有效嗎？
「別瞧不起人。」賣藥的說。「那種病在某些地方是絕症，但在別的世界，一般藥店就有賣它的特效藥。不過你們人類沒法自由來去其他世界，所以才有這個夜市囉。」
第二次從夜市回來，世界為之丕變。男子可以讀懂充斥街上幾乎所有文字，也能理解基礎數學了。
男子前往女孩家。接著在女孩面前，讓臥病的青年服了藥。女孩父母也在場，用狐疑的眼神打量男子，但男子自稱醫師，他們便未干涉阻止。

「多少錢？」父親冷眼看男子問。

「不用錢。」讓青年服了藥，男子立刻離開那個家。

免錢的最貴，誰曉得他給他吃了什麼鬼東西！臨去之際，男子聽見父親不知道對女兒還是母親吼叫的聲音，但他不以爲忤。

男子一樣在工廠上班，等待下一次的夜市。

起初，工廠同事都嘲笑男子。無知得可怕的男子，是絕佳的笑柄。但男子不再是笑柄了。他們不得不承認，他的確、而且是明顯地改變了。

男子默默工作。他存錢，鍛鍊體魄，鍛鍊心志。

殺死人口販子的決心更加堅定。男子沒有父母也沒有手足。即使有，那也是前世的事了。男子的根源是人口販子，不管逃到何方，也只是把鍊著自己的鎖鏈拉得更長，並無法解開脖子上的項圈。除非殺了人口販子，否則他無法獲得眞正的自由。

季節流轉，某個工廠公休的晴朗午後，男子走在路上，前方走來一對年輕男女。是以前遇到的女孩和她哥哥。長高了一些的女孩注意到男子，拉了拉身旁的哥哥袖子。

兩人停下腳步，在男子稍遠處深深地彎腰行禮。

路上行人很多，男子很難爲情，卻也開心不已。藥眞的有效。這是他這輩子第一次像這樣被人感謝。他也不奢求更多。

男子搶在兩人抬頭前跑進巷子。

一個人走著走著，笑意驀地湧上心頭。

這天，他一整天笑容不絕。

感覺到對男子來說第三次的夜市即將發生，是第二次以後算來五年後的事，男子十五歲了。感受到夜市的預兆後，他便四處向這個世界認識的、他珍視的人們道謝並道別，像最早收留他的機構職員、工廠上司和同事。

如果順利，他不會再見到他們了。即使不順利，也不會再見到他們了吧。

他道謝的那些人，一定都不明白男子爲何道謝、又是懷著什麼心思道謝。只有一個他曾經吐露一切的機構職員、當時已經算是他知心好友的男子，緊緊擁抱他，送他上路。

風吹動行道樹的傍晚，夜市造訪了。
男子踏上前往夜市的路，回憶著往昔歲月。
夜市在和上次不同的地方，入口開在海邊的森林。

「這就是他弟弟的故事。」
「那，第三次的夜市，就是昨天晚上？」
「沒錯。」
「你就是他弟弟。」
男子默默點頭。
「你什麼時候發現跟我在一起的，就是把你賣掉的哥哥？」
「看到的瞬間，我就猜到了。我知道哥哥現在幾歲了，而且夜市鮮少有人類來。哥哥沒發現是我，但這樣正好。他帶了個年輕女生，所以我打算看看哥哥到底要做什麼。一開始道別後，我就一直跟蹤觀察你們。視情況發展，我準備把哥哥也殺了——如果他又想故技重施。但後來他替我製造殺死人口販子的絕佳機會。」

沉默忽然降臨。

還有該問的事，泉想。

「他……現在還在裡面嗎？」

「應該。」

「回不來嗎？還是不想回來？」

男子開口，卻說不出話。視野垂落到地面。

跌坐在地的裕司視線掃向扔下的刀，接著仰望男子。一旁，人口販子的身體正開始融解。

「你……」裕司說。

男子開口：

「很久很久以前，我們約好了。」

淚水盈滿裕司的眼睛：

「我沒有遵守諾言……」

「不，你在今天實現諾言了。」

男子向裕司伸手。

裕司抓住他的手起身。

「喏，我們回去吧。」

四下光芒逐漸退去，世界化成一片無邊無際的漆黑。

不久，留下遠處兩盞燈籠。

「回去以後，我們一起去吃點什麼吧。我想嘗嘗那邊世界的料理。那邊有餐廳吧？」

「當然有。」

「我記得有可麗餅。」

「可麗餅？」裕司笑了。「有啊，當然有。」

「那太好了。燈籠那裡就是出口。」

男子聲音開朗地說，黑暗中傳來裕司的聲音：

「我看不到。」

男子一驚：

「你要在心裡想著要回去。」

「不……我眞的看不到。我很想回去，可是只有一片漆黑。」

裕司的聲音裡沒有焦急，語氣顯得抱歉。這讓男子不安起來。

太大意了。男子懊悔不已。他砍了人口販子，讓交易失效了，但和哥哥一起來的女生在夜市做了交易是事實。現在她已經被領向早晨了吧。但是哥哥還沒有……什麼都還沒有買。

買多少東西都行。但什麼都沒買，就無法回去。

「很黑嗎？」

「嗯，很黑。一切都消失了，只聽得到聲音。你的……聲音。」

明明還沒有買東西，爲什麼他會落入黑暗？男子絞盡腦汁。可能性最高的就是——

裕司安閒的聲音傳了過來：

「我大概已經不是客人了。」

「快點想你想要的東西。」

男子懇求。無欲無求的人在此處，哪裡都去不了。

「要不然你會……」

會有什麼下場，其實男子也不知道。

但他有種無法確證的直覺。哪裡都去不了的人，會化成夜市的一部分。永遠。

「我沒有想要的東西。眞的。我什麼都想不到。」

男子朝聲音的方向伸手：

「把手伸出來，快。」

男子摸索了一陣，終於，伸出去的右手被握住。

「對，就是這樣……」

——謝謝你。

明明握住他的手，聲音聽起來卻遙遠極了。

——沒用的。我什麼都看不到。

「慢慢走。我帶你出去。」

兩盞燈籠幽幽照亮的前方，是個宛如隧道出口的半圓形空間。外面垂掛著應該沾滿夜露的藤蔓，以及靜待天明的樹木，就宛如一幅掛在漆黑牆面的畫作。

男子即將穿過出口的那剎那，握住他右手的觸感倏地消失。取而代之，手裡被塞進一樣東西，有人推了他的背。

變得無限遙遠的最後一聲說：

——祝你幸運。

一眨眼，人已經穿過出口。

黎明的森林。

男子回身，立刻跳進自己剛走出來的叢林深穴。然而無邊黑暗與燈籠早已消失無蹤，那裡只是叢林中一個狹小的空洞。

夜市關掉了。

男子呆立原地。

他注意到右手抓著東西，打開手掌。

那是塞了七十二萬圓、鼓脹到無法對折的錢包。

男子沉默著，因此泉沒有再追問。

裕司到哪裡去了？

泉開始覺得這已經不是什麼重要的事了。他不在這個世界。既然不在這個世界，他在此外的什麼地方、或者已經不存在了，早已超越思考範疇。

「接下來你有什麼打算？」

男子仰望天空：

「去找我父母……」

男子邊想邊說。他的臉上滲透出濃濃疲倦。

「總之把一切都告訴他們，如果他們不相信，就離開去尋找我自己的歸宿。如果他們相信……暫時在這裡生活也不錯。」

「不能再去一次夜市嗎？」

泉忍不住問。如果再去一次夜市，不管是青春還是一切，統統都可以買回來。

「聽說一般人類只能去夜市三次，我的額度已經用完了。但妳還有機會……」

泉感到一陣寒意。四處亮著青白火光的幽深玄妙市場景象，如閃光般在腦中一晃而過。

男子往前走去。泉猶豫著是否該追上他，但轉念打消念頭。十五歲的老紳士沒有回頭，逕自離開。男子獨自經歷了漫長旅程，他的旅程尚未結束。泉覺得已經沒有她可以介入的餘地了。

泉信步走在樹葉間灑下陽光的林道。夜市的記憶變得更遙遠了。那是什麼樣的地方、有什麼樣的商人、賣些什麼商品，她快想不起來了。

跟我一起去的，是怎樣的人？不，想不起來也無所謂。沒錯，如果眞的有夜市存在，而自己能夠再次前往，到時候應該會再想起來。

很快地，夜市完全化成了遙遠的秋夜幻夢。

直到她再次邂逅爲止。

風之古道

1

第一次踏進那條古道，是我七歲的春天。

父親開車載我到賞花勝地小金井公園看櫻花。

四月的公園裡，一排排染井吉乃櫻樹綻滿了淡粉紅色的花朵，襯著萌發的嫩葉，在逆光中顯得耀眼逼人。樹下許多賞花客鋪上野餐墊，席地而坐。

不知怎地，我在公園裡和父親走散了。這是我第一次迷路。

我害怕極了，哭起來。對七歲的我來說，那座公園離家太遠。我完全不知道該怎麼辦。

我在公園裡四處徬徨，不知不覺間，賞花客都消失了。

我走在無人的櫻花樹夾道。

時間應該是中午十二點左右。

前方走來一個阿姨。除了那個阿姨，放眼所及，沒有半個人影。賞花季熱鬧的白天公園裡，周圍居然沒有半個人，如今回想，這實在非常詭異，但當時我當然沒想到這麼多。

「咦，你迷路了嗎？」

阿姨蹲下來，柔聲細語問。

我哭著說我想回家，說出自己的住址和姓名。阿姨親切的態度，讓我認爲她是個好心人。

阿姨喃喃自語道：

「武藏野市的吉祥寺北町的話……那條路直走就到了。」

阿姨想了一下，叫我跟上去，開始往前走。我依言跟在阿姨身後。我們繞過柵欄圍繞、類似下水道設施的地方，經過樹木間布滿山白竹的小徑。

穿過樹林後，就是那條路。

一條未鋪面的鄉間小路，寬度頂多容一臺車經過。

阿姨指著道路前方說：

「武藏野市的話，沿著這條路一直走下去就到了。小朋友，你會走嗎？不可以跑去別的地方，就直直走下去喔。因為這條路晚上會有妖怪出現。」

瞬間，我感到一股無以言喻的不安。總覺得說到「妖怪」兩個字時，阿姨的嗓音變得異樣粗啞。

當我想要道謝時，阿姨已經不見了。

我完全不想亂跑。我只想快點回到家。

當時我是個不知世事的七歲小男孩，但隱約感覺得到這條路很特別。

首先，道路沒有鋪面，這就很稀罕了。不管是我居住的武藏野市還是櫻花公園所在的小金井市，基本上都是住宅密集區，主要道路全都有鋪面。

走著走著，我發現這條路除了沒有鋪面，還有其他非比尋常的古怪之處。

道路兩側的風景是被磚牆、籬笆或木板圍牆包圍的人家，但沒有任何一戶玄關對著這條路。這條稱為後巷有點太寬的未鋪面泥土路兩側，都是房屋的後方或是側面，沒看到任何掛著門牌的大門。此外，沒有電線桿。沒有郵筒，沒有停車場。

無人道路蜿蜒前伸，在住宅當中綿延不絕地延續。總覺得好像身處夢中。我滿懷緊張，快步前進。一路上沒有遇到任何人。我也不想遇到任何人。

我埋頭走好一段路。兩側的風景不斷變化，但道路始終是未鋪面的泥土路。沒多久，來到一處視野開闊之處，我看見自家附近的高爾夫球練習場網子。

我穿過某戶人家的籬笆隙縫，離開這條路。我知道擅闖別人家庭院不對，但覺得如果不這麼做，會錯過認得的地方，無法離開這條一路延伸下去的路。

穿過籬笆時，我感到一陣劇烈頭痛，就彷彿遭到重毆。我以爲頭撞到東西。籬笆另一頭，建築物之間的隙縫，有一道細窄的上坡石階。

我抱著頭爬上窄石階，頭也不回地穿過別人家有尿尿小童雕像的庭院，來到學校附近的稻荷神社後方。

那間稻荷神社，是遺留在住宅區裡的小神社。

我從那裡回頭望去，但來時路已經被樹木和人家擋住，完全看不見了。走出柏油路，經過神祕泥土路的事就像一場幻覺。

回到家時，母親一臉驚訝地問：

「咦？你爸不是跟你一起嗎？」

我得意地回答：

「我跟爸爸走散了，一個人走回來了。」

那天晚飯餐桌上，大家都不停問我到底怎麼一個人從公園走回來。我說我在公園遇到好心人，照著她說的路走回來。

父親把炒牛蒡絲夾進口中點點頭：

「我知道，那是健行步道。」

父親說，小金井公園附近有條一路延伸到武藏野市的步道。

母親表情複雜地說：

「不可以跟陌生人說話。幸好你遇到的是好人。」

好一段時間，我都沒有想過要再去那條路。我覺得那條路——父親說的步道，是我居住區全鎮聯合起來隱藏的祕密，不可以亂闖。教我怎麼走的阿姨說「晚上會有妖怪」，這也讓我耿耿於懷。

那條住宅區裡無人行經的泥土路，兩旁人家全都背對著它，太陽西下後，應該會陷入漆黑。因爲那條路沒有電線桿，當然也沒有路燈。然後會有「妖怪」踩出腳步聲行經那裡。我在被窩裡想像那情景，兀自發抖。

隔年我有了腳踏車，和父親一起到步道玩。

那條步道叫做「多摩湖自行車道」，有人會在那裡遛狗，也有穿制服的高中生會經過。

絲毫沒有那條泥土路陰暗隱密、宛如時間及空間扭曲一般的感覺。

去年我走的不是這條路。我心裡這麼想，但沒有說出口。比起這件事，我更沉迷於騎腳踏車。

不，我是基於某個直覺，忌諱提起那條路。

原來那是連爸爸都不知道的祕密通道。

我這麼覺得。

既然是祕密，就必須保密。如果不保密會怎麼樣？我不知道，但總覺得會發生某些不好的事。

2

十二歲那年的暑假，我把祕密通道的事告訴朋友。

當時剛過中午，沒什麼事做，感覺這個無聊的夏日後半天就要被我白白虛擲。我騎著腳踏車來到集合住宅附近的公園。因爲我希望會有哪個一樣閒閒沒事的同學在那裡。結果我發現一樹正在公園裡吃冰棒。

一樹是我同班同學，也是我的死黨。在球類運動方面笨手笨腳到無可救藥這一點，我們同病相憐。每次下課有人相招踢足球或打棒球，我和一樹就會被同學排擠，自然而然就兩個人混在一起了。

一樹戴著他平常那副黑框眼鏡，深深地坐在樹蔭下的長椅，舔著滴水的水藍冰棒。

我故意偷偷摸摸騎到他背後，按下車鈴。

一樹回頭。這個暑假他應該還沒有去哪裡玩，皮膚都沒曬黑。

我要寶地說：

「嘿！你在做什麼！」

「看就知道了吧？吃冰啊。」

一樹沒勁地說，向我招手。

「要是抽到『再來一支』就請你。」

結果沒抽中。

我們在午後的公園瞎聊。

話題忽然轉向當地的鬧鬼地點，我忍不住說出沒人知道的漫長巷弄。

說完後，我感到一股犯禁般的心虛，但爲時已晚，一樹似乎大感好奇。

「那，我們去那條路看看吧！」

「搞不好已經不見了。」
我沒自信地說。
「怎麼會？路哪裡會不見？」
「不是，就覺得那種地方只要告訴別人，就再也沒辦法去了。」
一樹冷冷一笑：
「吼，我知道了，你唬我的對吧？」
我一陣惱怒：
「什麼啦，那我們看看到底還在不在吧！」
我跨上腳踏車。
一樹說他的腳踏車在市立游泳池的停車場被偷了，所以我騎車載他。
穿過集合住宅，騎過水渠上的橋。我們在稻荷神社的鳥居前面下了腳踏車。
接下來就得躡手躡腳了。神社後方的叢林圍起以前我經過時沒有的鐵絲網，因此要爬過去。

屈身經過有尿尿小童的庭院，走下細窄石階，用力把身體擠進籬笆隙縫間。這時，我感到一陣尖銳的頭痛。

籬笆另一頭，就是兩側被住宅包夾、和當時完全一樣的泥土路。

一樹似乎也和我一樣覺得頭痛，雙手按住太陽穴蹲下去。

我們好陣子就站在那裡，一步都沒有動。

「你看，我沒有騙你。」

我得意地戳一樹。證實七歲走過的路，並非只存在記憶當中，我開心極了。

一樹眨著眼睛。他先張望一下這條路，轉向我問：

「你說這條路通到小金井公園？」

我點點頭。

一樹的眼睛閃爍起調皮的光輝：

「有意思，我們走過去看看吧。」

「咦？要去喔？」我雖然嘴角泛著笑，卻皺起眉頭。

走到小金井市的公園，這個主意本身不壞。要走很久，但應該會在太陽下山前走到吧。七歲的時候，我就一個人走過了。現在我十二歲，而且跟朋友一起，沒道理辦不到。

問題是，回程的時候，天可能都已經黑了。

「聽說晚上會有妖怪。」

我用玩笑的口氣說。

「那回來的時候不要走這條路，搭電車回來就好啦。」

一樹這麼應道，不把我的擔心當一回事。搭電車這個選項，還不在我的思考範圍中。在我的認知裡，說到外出，就只局限在能夠騎腳踏車來回的範圍內。

因此我有點尊敬一樹。一樹說他本來要去買新的遊戲片，身上帶了五千圓左右，可以借我電車錢。

說完這些，我們開始往前走。

我們走在沒有郵筒也沒有電線桿的未鋪面道路。完全如同我的記憶，每一戶人家都背對著這條路。我猜想或許有不爲人知的習俗，玄關不可以面對這條路。

這條路和五年前一樣，充滿隱密的寂靜。

完全沒有行人。

沒多久，道路兩側的人家變成建在堤防上。接下來也是，路面一下子比周圍高、一下子比周圍低，但沒有和任何道路交叉，筆直延續下去。

偶爾穿過一些隧道。這些隧道只是在泥土山挖出一個半圓，沒有任何補強措施，十分危險。

有些地方，路旁聳立著高大的楠樹或山毛櫸，枝葉繁茂，在路面投下濃蔭。

一樹一邊走著，小聲道：

「這條路就當成我們兩個的祕密吧。可是這到底是什麼路？」

我納悶地歪頭說：

「我猜是從古時候就有，蓋房子的時候，也都避開這條路吧。」

一樹隨興把小石頭往前踢。前進的我接力再踢飛那顆小石頭。

「會不會是預定要鋪鐵軌？」

「啊，有可能喔。」

若是這樣，就是禁止進入區域，萬一被大人發現，可能會被痛罵一頓。
唔，到時候再說。
兩側變成了森林。
往旁邊看去，樹木縫隙間透出雙線道的柏油馬路。
我們所在的路，似乎斜切堵住國道。
一輛卡車飛速朝我們這裡衝來。
「危險！」
我縮起身體，閉上眼睛。
司機不知道打瞌睡還喝醉了，但那樣朝雜木林直衝而來，下場肯定很慘。
然而不管等上多久，都沒有聽見任何聲響。我提心吊膽地睜開眼睛。
只見一樹張大嘴巴，整個人僵在那裡。
我探頭望向樹林另一頭的路。應該要有一輛車頭撞在樹幹上的卡車才對，卻什麼都沒有。
我呆呆地站了片刻，終於理解到卡車怎麼了。

卡車就像幽靈一樣，穿過樹林和這條路經過了。

定睛一看，路上車輛完全沒有減速，陸續衝進樹林裡。然而接觸到樹木的瞬間，每一輛車子都忽然消失不見，接著從另一側的車道唐突地冒出來——就彷彿其中有條透明的隧道。

「時空跳躍……」一樹喃喃道。

我們看得到國道。但從國道那裡，似乎看不見、也不存在我們所在的這條路。從車子行走的狀況，我得知了這個事實。

走了一小段路，我們再次停下腳步。

因爲道路前方如蜃影般搖晃的熱氣裡，出現一樣紅色的東西。

那團紅色的東西微微上下晃動著，逐漸靠近。

我和一樹靠到路邊。沒有地方可以藏身。

從彼端逼近而來的事物，模樣逐漸清晰起來。

是一群撐著紅傘、身穿和服的女人。總共七、八人。傘是傳統的油紙傘，和服是靛藍與紅色中鑲著金絲的高級貨。她們梳著髮髻，臉上搽了白粉。

領頭的女子向我們頷首經過，後續女人們逐一仿傚。

她們宛如在風中曼舞，留下近似尖嘯的尾音，經過我們面前。

以時間來說，只有短短數秒，讓人聯想到從車站月臺疾駛而過的特快電車。

我們呆呆地看著她們捲起塵埃離去的道路後方。

「剛才那是妖怪吧？」一樹低聲說道。「原來白天也會出現喔？」

從那速度來看，就不可能是人。最重要的是，她們足不點地。

一樹細語：

「我總算知道了。這是妖怪的路。」

「那要回去嗎？」

「都走到這裡了，直接走到小金井公園比較快吧。」

我們唱起歌來，快樂地往前進——就像要向彼此展現自己的膽大無畏。

剛才那群和服女子之後，我們沒有再遇到任何人。

日頭逐漸傾斜。

我們的對話變得有一搭沒一搭。

通往小金井公園的出口一直沒有出現。不，別說出口，就連可以離開這條路的岔路，都沒遇到半個。

一樹說出不曉得已經說過多少遍的話：

「還沒到嗎？」

「我也不知道啊。都幾年前的事了？」

「真的沒問題嗎？」

「都是你說要去的啦。」

最糟糕就只能原路折返，但我們已經走相當遠的路，回去的路上會入夜了。

總之只能繼續前進了。

我們留意著道路兩側有沒有小金井公園的景色，拚命往前走。

「會不會超過了？」

我喃喃說。現在這時間，仰望天空就可以看到金星，但我沒心思觀察那些。

道路前方出現燈籠和水藍色旗幡。

「那是什麼？」

我回頭問一樹。

一樹瞇起了眼鏡底下的眼睛。他的鼻子曬紅了。

「有人。」

那是一家讓人聯想到海邊攤販的茶店。外面擺了木桌和木椅。旗幡上寫了一個「冰」字。有個穿牛仔褲、頭髮又長又亂的男子在喝飲料。只有他一個客人。

我們兩個都吃驚得睜大了眼睛。因爲進入這條路以後，這是第一次遇到有建築物對著路面。

這戶人家的正面玄關，應該對著一般住宅區的馬路，但屋後竟對著祕密道路開店營業。

我們一走近，穿牛仔褲、一頭長髮、皮膚曬得黝黑的青年便轉過頭。

「請問一下，」我對他說。「小金井公園已經過去了嗎？」

牛仔褲青年眨了眨眼：

「咦？小金井公園？我不清楚。等一下，我幫你問問。」

他朝著店內大聲問：

「喂！有小孩子在問小金井公園在哪裡！」

一個穿無袖汗衫的大叔從店內走出來。身材相當魁梧。他看到我們，首先露出驚訝的表情。他沒有回答小金井公園的問題，反而問我們：

「哎呀，你們是從哪裡跑來的？」

我說我們是從武藏野市的某處籬笆進入這條路的。

「是稻荷神社後面嗎？那你們走了好遠呢。」

我點點頭露出笑容。在這裡耽擱的期間，太陽也不斷西沉。我心急如焚。

汗衫大叔嘆了一口氣：

「你們是人類的小孩吧？」

這個問題很奇怪，但我回答「對」。

「小金井公園老早就過去了。可是通往小金井公園的路，只有那裡櫻花盛開的期間才會開啓。但一般人類還是沒辦法通過。這下傷腦筋了。」

站在我後面的一樹說：

「可以借個電話嗎？」

大叔沒應聲，交抱著手臂直盯著我們。

「我們會付錢。」

大叔搔了搔頭，接著爲我們解釋：

你們完全沒搞清楚狀況。

其實你們現在狀況有點不妙。

這條路從遠古以前就存在日本，是非常特別的路。現在兩側都蓋起了人家，但原本是森林裡神明專用的路。你們走過這條路，也看到兩側生長著巨大的樹木吧？聽著，你們可能誤會了，但不是所有的路都可以走的。有些路是絕對不能踏進去的。你們說你們是從稻荷神社後面人家的籬笆進來的？

我的天。

說起來，人類當中可以走這條路的，就只有極少數的一小撮人，像是累積多年道行的僧侶，或是血統特殊的人。在戰爭讓這個國家四分五裂、到處都有關卡的時代，那些人可以利用這條祕密通道暢行無阻，非常方便。

可是對你們來說，這不是這樣的路。

這不是你們可以走的路。

「眞的很對不起，我們不會再跑來了。」一樹插口說。

「我還沒說完。」大叔臭臉說。

我給了一樹一記肘擊。現在最重要的，就是不要惹大叔生氣啊。

「啊，可是我們都不曉得武藏野市有『破口』呢。」

坐在椅子上聽我們說話的青年對大叔說。

大叔轉向青年：

「大概三十年前，那一帶也有入口。因爲入口每一年都在關閉。不用管它，很快就會關起來了吧。眞虧他們有辦法從那種地方鑽進來。」

夕陽斜射，樹木逐漸化爲黑影。

大叔停頓了一下，接著說下去：

「你們……八成是這麼打算吧？只要穿過這家店裡面，從另一邊的玄關走出去，就可以到柏油路面的一般馬路。接下來就可以搭電車還是公車回家。」

我點點頭。我眞的就是這麼打算的。如果可以，還想在搭車前先借個電話。因爲已經趕不上晚餐時間，父母一定會擔心。

「這裡沒有電話。而且我實在沒辦法幫你們。這樣做是被禁止的，非常危險。這就形同因爲不小心坐錯電車，就從車窗跳出去，弄個不好會要命的。」

我震驚極了。

我一方面怨恨「爲什麼他要這麼壞心？」，另一方面也覺得大叔他說得完全沒錯。

進入這條路時，我頭痛欲裂，而且也看到車子消失在森林裡。這條路有某種特殊力量在作用。這一點不容懷疑。

大叔只是說出這裡自古以來遵循的規矩，是我們漠視規矩，擅闖這條路。

青年插口：

「大叔，你壞嚇他們了。要是搭錯車，在下一站下車就行了啊，對吧？」

大叔聞言揚起眉毛。

青年對我們說：

「聽著，小朋友們，或許你們聽不懂，但這位大叔說的是眞的。離開這條路時，必須從正確的地方出去才行。得從正式的出入口離開。」

我們點點頭。

「從這條路繼續走下去，有一座竹林，裡面就有出口。不過那是條很細的岔路，可能很難找。從那裡離開就沒問題了。」

大叔補了句：

「那裡是日野市，滿遠的。」

日野市！就連騎腳踏車，我都沒有去過那裡。走到日野市的竹林，至少要兩小時嗎？不，還要更久吧。狀況愈來愈離譜了。我很想說：管它會不會違反規矩，讓我進去屋子裡面，打電話給我爸媽吧！但我實在說不出口。

大叔搖著頭，一副拿我們沒轍的態度，折回店裡了。

他好像把這裡交給青年處理了。

我等待青年開口，他卻不發一語。

難道這樣就說完了？

望向道路前方，已經相當陰暗了。

我們要從現在這時間，在有妖怪出沒的路走上好幾公里、好幾個小時，走到日野市的竹林嗎？

可能因爲天色太暗，沒發現岔路而錯過啊！還可能遇到妖怪啊！就連白天都有妖怪了啊！

我快哭出來，和一樹面面相覷。

大叔兩手拿著杯子回來了。

「喏，喝水。」

我們接過杯子，一口氣喝光涼水，道了謝。乾渴的喉嚨得到滋潤，歡喜得顫抖。

「今晚先留在這裡過夜怎麼樣？」

青年開口。

「你們也清楚吧，兩個小孩子走夜路太危險了。喏，大叔，我替這兩個孩子付過夜費。」

「不用啦。」大叔的臉皺成了一團，擠出像要哭出來的表情。「這也是沒辦法的事，我就特別免費收留你們吧。」

看來茶店也兼旅館。

對我來說，在茶店度過的那晚，是這輩子絕對不可能忘懷的特別一晚。我們和青年在露天木桌用了晚餐。青年請客，我們吃了牛丼。因爲走了太久了，腳都發麻了。

雖然擔心家人會找我們，但我們離家並不遠，是可以走回去的距離。我決定這麼想：我已經十二歲了，在暑假擅自外宿個一晚，應該還好吧？

一旦決定過夜，心頭便頓時輕鬆。

我一邊用餐，一邊問青年在這裡做什麼。

「我嗎？我是旅人。」

我聽了很驚訝，青年靦腆地搔搔頭笑了：

「哦，我沿著古道，漫無目的在各地旅行。」

「古道？」

「就是這條路。這條路有很多稱呼。古道、鬼道、死者之路、靈道、樹影之路、神行之道。」

一樹問青年的家在哪裡。

「在哪裡呢？」青年的表情變得有些黯然。「可能是能登那裡吧。我也不太清楚了。」

我們沒有繼續追問青年的出生地點。我們兩個小學生對地理都不熟，就連石川縣的能登，也只覺得這地名好像聽過，感覺很遙遠。

我問：

「請問，這條路是從哪裡開始，到哪裡結束呢？」

「到哪裡結束？」

青年偏著頭，彷彿不解這個問題的意思。

接著他爲我們說明這條古道的事。

我們從武藏野市一路走來，以爲古道就是沒有岔路的一條線。但青年說，不管往哪個方向，走上一段距離，路就會在途中分岔。古道會不斷分岔出去，宛如迷宮一般，遍布整個日本。其中也有些路通往其他路線絕對無法抵達、宛如深山祕境的地方。

沒有終點，而是無限延續。

「只要選擇了其中一條路，就去不了其他的路。古道就是這樣的。所以我畢生的挑戰，就是把全部古道記在腦海裡，走遍所有的路。雖然這是個遙不可及的夢想啦。也有傳聞說，世上有完整的古道地圖，如果真的有，一定千金難買吧。」

聊著聊著，我深深喜歡上這名青年了。很少有大人像他這樣，願意平起平坐地和我們說話，而不是把我們當小孩，或是高高在上。雖然沒問他年紀，但看上去約十八歲到二十五歲之間。

我們聊天的時候，許多在夜間旅行的異形之物經過桌子前面。有個頭大得詭異、面色鮮紅的男子，牽著一頭下巴長出獠牙的長毛牛。

「不可以盯著看。」青年壓低聲音警告。「萬一被糾纏就麻煩了。」

還有一群提著燈籠的骷髏經過。那群骷髏穿著破爛的和服，看也不看茶店就經過了。他們有他們自己的行旅，青年也不知道他們從哪裡來、要去哪裡。

進去房間休息前，我們問青年的名字，他說他叫蓮。

蓮問了我們的名字，答應明天會陪我們一起走到日野市的竹林。

大叔領我們去的房間，是茶店二樓六張榻榻米大的和室。

從店內樓梯走上二樓時，我掃視一下屋裡有沒有面對古道另一側——也就是面對原本世界的門窗，卻沒有找到。不是沒有這類門窗，就是被藏起來了。

被褥已經鋪好。陽臺可以見到夜晚的古道。我和一樹熄掉房間電燈，沒有立刻躺下，而是從窗戶眺望黑暗的古道。我們幫偶爾路過的神祕怪物取名爲樂。

一樹吃吃笑著悄聲細語：

「對面有無臉先生走過來了。」

「晚安，無臉先生。」

「糟了，無臉先生在看這裡，快躲起來。」

3

隔天早上，我們向茶店老闆道謝，和蓮一起朝日野市的竹林出發。蓮乘坐水牛車旅行。他讓一頭生著雄壯犄角的黑毛水牛拉著像兩輪拖車的東西。

泥土路和水牛車是天作之合。當然，古道應該沒有加油站那些吧。

「中午過後就能走到了。」

蓮牽著水牛車往前走，我們跟在旁邊。

一樹走著，玩笑地指著路邊的磚牆說：

「要是可以直接翻牆過去就快多了。」

我皺眉說：

「就說不可以了，你昨天沒聽到人家說話嗎？眞是不懂事。對吧？蓮哥哥。」

蓮停下腳步：

「與其說是不可以這麼做，倒不如說是辦不到。好，你試試看吧。」

我爬上磚牆。裡面是別人家平凡無奇的庭院。草皮上有間空的狗屋和三輪車。

明明近在咫尺，卻異樣地缺乏眞實感。

我發現是因爲古道內外的光線不一樣。

而且感覺不到另一邊的聲音、氣味和空氣流動。

就好像隔著一層玻璃觀看水族館的水槽。

外面和裡面、這邊和那邊，兩邊是隔絕的。

我在看不見的屏障前靜靜不動，結果太陽穴一帶痛起來。宛如死亡預感般的感覺爬上背脊。那種感受，就好像站在巨大而深不見底的冰川裂縫邊緣。

我覺得很不舒服，跳下圍牆。

我叫一樹也這麼做。一樹看了外面片刻，突然慘叫一聲。

「嗯，沒辦法，不能過去另一邊。」我們都同意這一點。

「你們應該也不知道這個吧。」

蓮撿起路邊的枯枝給我們看，接著扔向圍牆裡面的人家。

枯枝停止在圍牆再過去一些的半空中。

大概停頓一秒後，枯枝被看不見的力量反彈回來了。

我們覺得好玩，也跟著照做，得到了相同的結果。

「這條路的東西，沒有一樣可以帶走。絕對沒辦法撿石頭什麼的帶回去做紀念，你們要記住。」

「那照片呢？」

「不知道，我沒有試過，但應該什麼都拍不到。」

走了一陣之後，一樹提問：

「蓮哥哥，昨天茶店的叔叔說，每年入口都在關閉，這是什麼意思？」
「最近走這條路的人少了，所以把通往這條路不需要的入口關閉。這樣比較好，萬一有閒雜人等闖進來就麻煩了。」
「那日野市竹林的入口呢？」
「那裡應該還開著。不過幾年以後，或者是最近，也可能消失不見。」
一樹忽然停下腳步。
我和蓮回頭看他。
「喂，走啊。」我說。
一樹搖搖頭：
「我不想回去。」
「為什麼？」
「難得都來了，再待久一點嘛。不覺得就這樣回去很可惜嗎？」
我不明白一樹的感受。
他在說什麼？我們不是已經經歷一場大冒險了嗎？我心想。

「今天先回去吧。我們的家人一定都急壞了。」

「就是啊。」蓮也附和說。

一樹百般不願地挪動步伐。

「等我們長大了再來吧。」

「一定喔。」

我鼓勵一樹說。我覺得有點意外。因爲我還以爲一樹比我更想回家。

「等我們升上高中，就打工存錢，一邊投宿一邊走，能走到哪裡就到哪裡。」

這是爲了鼓勵一樹而隨口說說的，但仔細想想，這個計畫相當吸引人。

「可是那個時候入口就不在了。」

「沒問題的，蓮哥哥知道那時候應該還開著的入口，對吧？」

「嗯？」聽到我問，蓮仰望天空。「是啊。道別的時候我再告訴你們。京都鞍馬山那裡有個大型入口。熊野神社的參道森林裡應該也有。」

「搞不好幾年以後，我們再次跑進這條路旅行，又會遇到蓮哥哥呢。」

「呵，可能喔。」蓮說，露出笑容。「到時候你們再請我吃飯吧。」

4

事後我心想：禍事總是猝不及防。

如果沒有遇到那個人，接下來的發展就完全不同了。

有個旅人從前方走來。

蓮拉住水牛車。

他一臉緊張地低語道：

「不妙。」

來自前方的旅人也一樣，一見到蓮便頓住了腳步。

兩人相隔約十五公尺的距離，瞪著彼此。

從外表的印象來看，男子年約三十五歲，穿著棉褲和馬球衫，揹著背包，看上去就像個休假的上班族。身體線條粗壯，看不出是肌肉還是肥肉。

「咦！」男子張大眼睛，假惺惺地大喊。

「小森。」蓮瞇起眼睛。

「前輩！前陣子多謝關照啦。好久不見了呢。眞是太巧了。咦？你怎麼帶著小孩？」

蓮冷冷地說：

「不關你的事。」

「這麼嗆喔？前輩把我的錢拿走了，我正在頭大呢。」

不知道蓮和男子什麼關係。他稱蓮爲「前輩」，但不知道是哪方面的前輩。論年紀，男子看起來比蓮還要年長。

被稱爲「小森」的男子向我招手。

「小弟弟，過來這邊。」

我看蓮，蓮搖搖頭。

小森繼續招手：

「快點過來。那個人不是人類喔。你們被騙了，差點就要送命囉。快點過來。

我說得沒錯吧，前輩？」

我再次仰望蓮。蓮表情冷峻地注視著男子，低聲說：

「不要過去。要是去他那裡，會被他殺掉。」

「沒錯沒錯，我就知道你會這樣說。不過這些孩子自己會判斷。別看我這副模樣，其實我是個刑警。這傢伙是遭到通緝的罪犯。幸好被我遇上了，你們安全了。喏，快點過來我這裡。」

「小森，你夠了沒？」

我看一樹。一樹也看我。

他用眼神在問：

怎麼辦？

我尋思了一下。

用不著想，若問要相信哪一邊，比起突然冒出來的怪傢伙，當然要相信蓮才對。我對著一樹，朝蓮努努下巴。

一樹對小森說：

「叔叔，給我們看警徽。」

小森咂了一下舌頭，放下背包摸索內容物。

我花了好幾秒，才理解小森拿出來的東西是手槍。難道他要用槍而不是警徽，來證明自己的刑警身分嗎？我正在疑惑，小森已經把槍口對準我們了。

蓮從貨臺上抄起柴刀，往旁邊一躍，同時小森開槍了。

爆炸聲響起。

一切都發生在一瞬間。

蓮衝向小森，擲出柴刀。這段期間，小森嚷嚷著，又開了兩槍。子彈沒有打中蓮，蓮擲出去的柴刀擊中小森肩膀，掉落地面。

蓮撲向小森推倒他，騎在他身上，搶下他的手槍拋到一旁。

「給我柴刀！」

蓮大叫，我慌忙撿起地上的柴刀，遞給壓制小森的蓮。

蓮把刀尖抵在小森的脖子上：

「小森，你就這麼在乎我？我聽說你到處在打聽我的事，還聽說你在外頭已經快要混不下去了。」

小森眼神游移，嘴角泛笑。不是無所畏懼的笑，而是企圖矇混過關、「我開玩笑的，別計較」的笑意。

「看來我殺不了你呢。只是試試罷了。我認輸了，放開我吧。」但蓮仍然沒有放手。小森又說：「好了啦，我明白了啦，我不會再來糾纏你了，我道歉就是，好吧？」

場面似乎逐漸平息，我離開那裡，尋找一樹。

一樹倒在水牛車的貨臺後面，整身襯衫都是血。仔細一看，襯衫腹部開了個鋸齒狀的洞，黑框眼鏡不知道彈飛到哪裡。

我扶起一樹。一樹站了起來，但隨即腿軟跪下去。那張臉一片慘白。

血從褲腳流了下來。

「一樹中槍了！」

我對著騎在小森身上的蓮大叫。小森爆出一陣大笑。

「有什麼好笑的？」蓮怒氣沖沖地說，更用力地壓住小森。

小森模仿我的語氣嘲笑：

「一樹中槍了！」

我把視線拉回一樹身上時，突然聽見殺豬般的慘叫聲。

我提心吊膽地再次轉向蓮和小森那裡。

赫然倒抽了一口氣。

柴刀插在小森的脖子上。

小森的腳在痙攣。

蓮抽出柴刀，高高揮起，再次朝他的脖子砍去，給了他致命一擊。

蓮走近。

蓮已經壓制小森了，再怎麼說都沒必要殺了他吧？我心想。從整體狀況來看，或許算是正當防衛，但只要殺人，蓮就成了殺人凶手。

我不知道那個小森是什麼人。反正一定不是什麼好人，因爲他開槍射一樹。但就算是這樣，也罪不至死。應該叫警察——

警察？

我恍然大悟，一陣驚悚。這條路是特別的，雖然位在日本，卻是國家權力管束不到的地方。古道沒有警察局、沒有拘留所，也沒有法院或法律。就如同這裡沒有電線桿、加油站和路標。

就是清楚這一點，小森才敢肆無忌憚地在大白天開槍。然後蓮也才會肆無忌憚地用柴刀砍死他。

「還好嗎？」

蓮問。一樹虛弱地搖頭。

「他被射中肚子了。」我對蓮說。「得趕快出去外面，送他到醫院才行。」

蓮撩起一樹的襯衫，在焦爛的槍傷上敷了療傷的藥草，接著用繃帶一圈圈包紮起來。

雖然感覺沒什麼用處，但總是聊勝於無。

我們分頭抬起一樹的手腳，把他放上水牛車的貨臺。

「快走吧。」

雖然這麼說，但不管再怎麼急，也只能以牛步的速度前進。除了像這樣趕往出口之外，沒有別的方法了。

小森的屍體則推到路邊，丟下不管。

蓮抱歉地說，事情會變成這樣，都是他害的。

他說他和小森不久前在茶店認識。

兩人一起旅行一段時間，後來鬧翻，不歡而散，還結下梁子。

「結下梁子？」

「分道揚鑣的時刻，我就覺得下次碰面，我們彼此一定會殺個你死我活。結果成眞了。」

雖然沒有解釋到重點，但這時我沒繼續追究。

「好冷。」

一樹在貨臺喃喃說，蓮爲他蓋上毯子。

一樹的嘴角冒出白泡。我用布爲他擦拭。

他以空洞的眼神望著我：

「對不起，我礙手礙腳……」

「不要講這些啦。你乖乖別動。」

「好像也撞到頭了，好想吐……」

我注意到一樹的耳朵在流血。我焦急起來。

「蓮哥哥，有沒有什麼方法？現在狀況緊急，能不能從正式出口以外的地方離開？我想立刻帶一樹出去。」

蓮搖搖頭：

「除了正式出口，是有勉強可以進出的地方，就像你們進來這裡時穿過的場所。我們都稱為『破口』。要是有就好了，但那類出入口難得一見。」

我確認地問。

「到竹林前都沒有『破口』嗎？」

「我也不是掌握古道一切細節，但應該沒有。雖然很不願意這麼想，但竹林的出入口也可能封閉了。」

兩側的圍牆消失，古道進入森林裡。樹木間可以窺見交通號誌、十字路口、鐵軌、柏油路等景色，但我已經體驗過丟出去的木頭反彈回來的現象，不會想從那裡出去。就如同伸手也摸不到天上的月亮，雖然看得見，卻是隔絕的。

不久，道路兩側變成竹林。我預感到出口近了，稍微鬆一口氣。

「一樹，就快到了。」

一樹沒有回應。或許睡著了。一離開外面，就要立刻叫救護車。

水牛車停了下來。

竹林裡有條細小獸徑，立著一尊布滿青苔的石燈籠，應該是記號。岔路非常普通，如果不是聽人說這裡通往出口，絕對不會猜到。路太小了，水牛車進不去，我必須揹著一樹走出去。

「不好意思，我只能陪到這裡。藥草和繃帶都是從外面帶進來的，所以不用取下來。」

我一時不明白蓮在說什麼，但立刻就意會了。古道的東西，就連一顆小石頭都無法帶出去。這是規矩。蓮的意思是，如果藥草是產自古道，就無法帶走，但不是的話就沒問題。

蓮指示岔路說：

「筆直走下去，很快就出去了。再見了。趕快送醫吧。」

「謝謝你。」

我輕聲道謝。老實說，我內心有些不滿。都是因爲你遇到仇人，害我朋友挨了子彈，照道理說，你不是應該陪我們一起前往醫院嗎？而且也應該由你向警方說明……但蓮殺了人。既然他不打算一起跟來，我不能勉強他。

我搖了搖躺在貨臺上的一樹。沒有反應。

「我揹你出去。」

一樹的身體異樣柔軟。完全虛脫了。眼皮微張，露出眼白。肚子上的繃帶已經一片血紅了。

我有了不好的預感。

但我實在不願意去想，因此什麼也沒說，揹起一樹。

才走沒幾步，便全身大汗淋漓。汗流進眼睛裡，但我揹著好朋友，沒辦法擦汗。一樹吸滿了汗和血而變得黏答答的襯衫，和我身上狂噴的汗混合在一起，搞得我全身又黏又滑。

竹林出口出現了。我看見整齊並排的墓碑和卒塔婆。

然而不管再怎麼走，都無法靠近那片景色。明明就在兩公尺前方處，卻怎麼樣都無法縮短這段距離。

無法離開竹林。

最後我耗盡力氣，把一樹放到地上。

接著我留下他，跑回原來的路。蓮還在那裡嗎？這是怎麼回事？

這個出口……關起來了。

該怎麼辦才好？

蓮在石燈籠前面，坐在水牛車的貨臺上。

他也許是在那裡等我，以備有任何狀況。

「怎麼了？」

我氣喘吁吁地說明看到出口，卻出不去，把蓮領到讓一樹躺下的地點。

蓮看也不看近在眼前的墓地景色，彎身探向一樹的身體。他把脈之後，測量呼吸，接著說出我一直從思考中排除的事實：

「不行。已經死了。」

竹林被寂靜籠罩。

蓮向茫然自失的我解釋。

可能因爲我的表情太痛苦了，蓮似乎也解釋得十分艱難。

這個入口還沒有關閉。

我在古道待了很久，所以知道。因爲有外面的空氣和氣味流進來。

你之所以出不去，是因爲你揹著的一樹死掉了。

在古道，古道的所有物是無法帶出去的。

古道的所有物當中，也包括死在古道的人。

爲了印證這個事實，我試著一個人離開竹林。就像蓮說的，如果沒有揹著一樹，我可以輕易離開。不知道是否因爲是正式的出入口，也不會頭痛。

我急忙回到一樹和蓮身邊。

蓮在一樹的屍體前交抱著手臂思考著。我在一旁抽噎不止。我幾乎無法思考，完全不知道該怎麼辦了。

不久，蓮開口道：

「這樣下去也不是辦法。你得決定接下來要怎麼做。」

「我不知道……」

「你的朋友已經成了古道的所有物，你不可能把他帶回去。」

我點點頭：

「可是，如果把一樹留在這裡，一樹會怎麼樣？」

蓮遲疑地說：

「死在古道的人，有些情況會被魔物附身，成爲夜行者，或是化爲古道的泥土。我不知道一樹會怎麼樣，但這也是他的命。」

一陣沉默後，蓮喃喃道：

「我不知道該不該告訴你……」

「什麼事？」

蓮說了以下的內容：

可以從古道前往的土地當中，有個地方流傳著復生祕法。

那個地方叫做雨寺。

我聽說在那裡，即使是已死的肉體，也能再次復生。

路程很辛苦，但如果把你朋友的屍體送去那裡，或許可以讓他重返人世。

不過，別開心得太早。那個地方離這裡很遠，可能要走上一個星期，視天氣和狀況，或許還要更久。也可能朝那裡前進，最終卻無法抵達。

「復活……」

我喃喃道地抬起頭。

那是一線曙光。

「真的有辦法嗎？」

蓮把目光從我身上移開：

「不知道。死人在雨寺復活的事，我聽說過幾次，也大概知道雨寺在什麼地方。你的朋友會死，我要負很大的責任。既然變成這樣，我打算帶他到那裡。」

「那我……」

「你最好在這裡回家。接下來的事就交給我……」

我說出我的決定：

「我也要去。一樹是我的朋友。」

蓮注視著我的眼睛：

「可能落得連你都無法離開古道的下場。即使這樣，你還是要去嗎？」

我幾乎反射性地宣告：要！

蓮尋思片刻，答應帶我一起去。

5

蓮用布把一樹一層層包起來，再次搬上水牛車的貨臺。

蓮包好一樹，取出護符，貼上好幾張，終於算大功告成。

「如果不這麼做，一樹會在晚上被抓走。他會自己加入昨天在茶店目睹到的死者隊伍，就這樣離開。」

我們出發了。

穿過竹林，走了一會兒，道路兩側變成農田。附近有個大叔正在田間勞作，卻對牽水牛車經過的我們視而不見。應該看不到我們吧。

進入山路了。如果周圍沒有住宅，古道看起來和一般山路就沒有太大不同。

一開始我坐在水牛車的貨臺上，但拖慢了上坡速度，因此下車用走的。有時候也會在後面幫忙推。

到了傍晚，天色陡然轉暗，下起雨來。蓮用塑膠布蓋住行李，並在貨臺上搭起頂篷。水牛淋了一身涼雨，顯得很開心。

道路變得濕滑，我踩進水窪，鞋子進水，每踩一步就發出啪嚓啪嚓的水聲。

一會兒後，雨過天晴。

染上霞紅的雲朵流散而去。

爬上漫長的上坡路，穿出樹林一看，下方是通往住宅區的下坡路。可以一清二楚看見古道筆直穿過密集的人家之間，將其一分爲二。古道一路延伸至建著鐵塔的高臺。

我不知道自己走在何方。

或許已經離開東京都了。

下坡路的森林裡，有一幢門口對著路面的破屋。雖然搖搖欲墜，但像一座古寺。木板牆處處破洞，玻璃窗碎裂，屋瓦一半都掉光了。顯然沒有人住。

蓮走進破屋，取出一本皮革封面的筆記本，翻閱了一陣子。

「資訊太舊了。這裡以前似乎是客棧之類的地方，但好像已經倒閉了。」

「那本筆記本是什麼？」

「旅行手冊。要正式在這條古道旅行的人都有一本，是最重要的珍貴物品。」

蓮解釋道。

「因爲沒有全體古道地圖可以買，也沒有人掌握古道的一切。哪裡有客棧、茶店？哪個入口關閉了？必須把聽到的消息、親自走過的古道資訊，都記錄下來。」

這天我們決定在古寺的屋簷下露宿一晚。

蓮鋪上草蓆，吊起蚊帳，布置好床鋪。

我把廢屋後面的樹樁搬過來當椅子坐下。

這天的晚餐是白飯，還有用野草、芋頭和紅蘿蔔加鹽煮成的湯。完全沒有飽足感，但味道還不賴。

吃完飯，我提出今天一整天都想問、但終究沒有問出口的問題：

「蓮哥哥，你沒辦法離開古道嗎？」

「你怎麼會這麼想？」

我遲疑著不敢說出理由。

帶一樹出去時，蓮應該可以陪我們前往醫院。但是他沒有這麼做，而且在竹林那裡，他看也不看古道的出口。聽到我說沒辦法從他說的地方離開，一般應該都會親身試驗一下才對。

不只是這樣。我發現從昨晚開始，和蓮的對話就有些地方很奇怪。

對於某類話題，蓮一定會閃躲，或是沉默不理。比方說運動選手、藝人的話題，像是「職棒你支持哪一隊？」。還有他是學生還是已經出社會了？國高中參加什麼社團？這類關於他身分的話題。

蓮坐到樹樁上，眼神有些陰鬱地盯著炭爐。

「我也不是故意要隱瞞。」

蓮娓娓道來。

你說得沒錯，我無法離開古道。

不是因爲我身上帶著古道的東西。

我也不是死人。

我天生就無法離開這裡。

因爲我是在這裡出生的。

在古道這裡出生的。

我的母親是外面來的人。

她在這條古道生下了我。

我沒有父親。直到某個歲數前，我都以爲小孩是母親一個人生下來的。

我在出生的瞬間，就成了「古道的東西」。

我記憶中最早的景色，是深山的橡樹森林裡，四棟古意盎然的瓦頂建築物在古道兩側兩兩相對的路。

小時候我和母親住在那裡。

四家店都是客棧，招待那裡的過客。

外表長得和我不一樣的奇妙旅人們會陪我玩耍。他們從路的那一邊出現，消失在路的另一頭。

我唱著手毬歌，拍著手毬遊玩，看著路的前方。

路的前方總是幽幽地亮著。不同的時刻，顏色也不同，有時是靛藍，有時是金色，有時是霧白色。

小時候我總是想：總有一天，我也會到路的那一邊吧。

一想到這裡，我覺得非常可怕，但同時心胸會湧出一股甜蜜的激動。

我沒有可以長久相處、年紀相仿的朋友。就算交了朋友，也很快就必須道別了。因爲他們是客棧的客人。

母親在四家客棧其中一家工作。

那是一家有幾十間客房的大客棧。我不知道母親在那裡做些什麼。什麼工作都好。我知道母親拚命把我扶養長大。

在亮著紙罩燈的大和室裡和旅客共度的夜晚，是故事的寶庫。

像是修行百年蛻變成龍的蛇的故事、什麼都能買到的夜晚市場的故事、第一個人類誕生的土地的故事、都市被燎原大火侵襲的大戰時的故事。

我就聽著這些故事長大。客棧有個員工，一得空就會教我讀書寫字，派我做一些雜事作爲回報。

那是夏季的某一天。

我在和室和鬼的小孩玩彈珠，母親過來叫我。

——我們走吧。

我不知道要去哪裡，乖乖地讓母親牽著手往前走。

四家客棧在後方不斷地遠離。
期待與不安在我的心胸翻攪著。
這是我第一次離開客棧所在的路。我從小就被嚴厲教導，絕對不可以跑到看不到客棧的地方，不管旅客說什麼，都不可以跟他們走。
樹木夾道的平坦路程長長地延續下去。

我忘不了和母親手牽著手，走出橡樹森林時的情景。

眼前豁然開朗。
我們站在山頭，俯視著蜿蜒而下的寬闊大路。沒有任何事物遮蔽視野。
我倒抽一口氣。
在過去，我的世界總是被樹林圍繞，從來沒見過如此開闊的景色。
眼下遠方處，是大片白色街景，數量難以置信的建築物聚集在那裡。再過去是一片什麼都沒有的平坦深藍色。那是多麼殘酷又迷人的色彩啊！
——那是海。那全都是摻了鹽巴的水喔。

母親說明。

——海？

我呆呆地複述。這就是那片深藍色的名字。

午後的水平線上，兩團巨大的積雨雲正在逐漸產生，就像是兩座比賽誰更高的雲塔。

母親爲我說明這片景色、白色的街道，還有其他的事物。

——你仔細看，那是許許多多房屋聚集在一起而成，那裡住許多人，叫城市。

城市。我用力握住母親的手。原來那是成千上百棟的房屋。一旦知道了就沒什麼，但當時我覺得非常可怕。

——雖然看得到海和城市，但你絕對沒辦法過去。它們只是在那裡，只能看。

我懂了，那一定就像屏風上面的畫。但如此精密、巨大、生動而震撼的圖畫，到底是誰畫出來的？

我們沿路下山。坡道變得平緩，途中遇到一個十字路口。

一棵大楓樹綠葉繁茂，枝椏伸展，濃蔭落地。母親在那裡停下腳步。

她從懷裡掏出一個護身符。

——你看這個，這裡面裝著種子。

母親的話，我不太能理解。護身符的袋子裡裝著種子，所以呢？

母親把護身符袋塞進我的掌心，握住了我的手。

——把它帶在身上，絕對不可以遺失。這東西屬於你。等你長大了，就會瞭解更多事了。

我搖搖頭，有不好的預感。爲什麼要說這種話？不能在我長大前告訴我嗎？

——你會成長爲一個強壯、溫柔又勇敢的人。我知道你會的。

一輛馬車來到十字路口。一名曬得黝黑、臉上帶著鬍碴的高大中年男子坐在車上。母親和那個人說話。

我默不吭聲。

母親在哭。

忽然間，母親彎身親吻我。接著轉身背對我，折回來時路。我正要追上去，馬車男子的大手搭到我的肩上，對我搖搖頭。

——每個人都有這一天。這是你往後必須經歷上百回的事。

男子抱起我，把我放上馬車。

馬車朝母親的反方向駛去，遠離了十字路口。

母親的背影愈來愈小，化成一個小點。

此後，我再也沒有見過母親。

我在漫長的旅程中，迷失了自己出生的土地，那條客棧並排的街道。我並沒有刻意想要回去，但已經不知道那裡是在複雜交錯的古道何處了。

蓮的話就此打住。

他努努下巴，要我看貨臺。我轉頭一看，發現周圍站著三條又高又瘦的影子，各別都超過兩公尺，陰陰暗暗，如水草般搖盪著，只能說是影子。

也許是死神。

它們貪婪地盯著貨臺裡面。

「如果沒有貼上護符，有時候屍體會被那種東西帶走。它們不會傷害活人，放心吧。好了，睡覺吧。後續下次再說。」

我們鑽進蚊帳躺下來。

雖然累壞了，但我心亂如麻，遲遲難以入睡。

一旁的蓮發出睡著的呼吸聲。

我在蚊帳裡聽著蟲鳴，總覺得彷彿時光跳躍到一百年前。

不知不覺間睡著，醒來的時候，天色還是暗的。我鑽出蚊帳，到外面的草叢小便。朝陽尚未升起，但星光已經消失。是破曉前夜晚和清晨的交界時分。乾燥的空氣在等待天明。

有東西從路上走過來了。踩過碎石地的聲音響起。

我躲到樹木後方。

是小森。他的脖子被劈開，沾滿乾掉的黑血，露出擠滿蛆的肉。嘴巴半張，雙眼圓睜，但其中沒有意志的光芒。

腳步宛如夢遊病患者。

他被蒼蠅圍繞著，以行屍走肉的姿態前進。感覺就像在水中漂流的死魚。

他看到蓮的水牛車，但幾乎沒有表示任何興趣，便直接走掉了。

6

天亮了。

蓮摺好蚊帳，俐落地收拾好行囊。

貨臺上放著包著布、貼著護符的一樹。我從布上輕摸一樹。布濕濕的，十幾隻蒼蠅在上面爬。布底下已經透出腥甜的腐臭。

我們出發了。

我說出在拂曉時分目睹小森屍體路過的事。

「沒有人知道死者要去哪裡。只要它不跟上來，就沒有危險。那和活著時已經是不同的存在了。」

我問蓮：

「並非只要經過入口，任何人都可以進來這條路，對吧？」

「當然了。」蓮笑道。「幾乎所有人類都看不到入口，但有時候還是會有像你這樣誤闖進來的人。千年以前，各地都有可以自由進出這條路的群體。現在會從外面的世界誤闖進來的，聽說幾乎都是那類人的後代。你應該就是，小森應該也是吧。」

一會兒，我忽然不舒服起來。

我以為暈車，下了水牛車用走的，但走一個小時，甚至開始眩暈起來，我倒在貨臺上。

由於前一天的疲勞，加上睡眠不足，我的身體撐不住。應該也發燒了。旁邊用布包起來的一樹屍體爬滿蒼蠅。一想到自己很可能就這樣死在朋友旁邊，我沮喪極了。

我睡了一下——或者是昏過去。

醒來時，周圍的風景變成了街道。

是鬧區嗎？我們在宛如大樓間隙般的巷弄裡前進。整段路都在建築物的陰影中，十分涼爽。

我很驚訝：原來這條古道也會經過這種地方？

我在貨臺上搖晃著，由於懊喪，淚水泉湧而出。

復活之地，是連蓮都不清楚詳情的地方。

一樹的肉體會不斷腐爛下去。護符雖然可以阻止魔物靠近，卻無法遏止腐敗。

在炎炎夏日載著屍體，以牛步的速度，朝著只在傳聞中聽說過的土地前進。

這是不是太愚蠢了？

水牛車靜止了。

這裡是巍峨高樓間隙中的十字路口。仰望天空，藍天被切割成十字形。

「你還好嗎？」

蓮問我。我抹去淚水，說我沒事。

蓮指著道路前方。陽光從建築物狹窄的縫隙間射入陰暗巷弄。

「從那裡過去，就可以離開古道……可以到市區。我可以從風感覺得到。似乎是沒有人知道的出入口之一。我反正是離不開，所以跟我無關，但還是想跟你說一聲。如果你想要買些什麼，我可以在這裡等你。」

我搖搖頭，但立刻回心轉意，跳下貨臺。感覺自己的身體變輕盈了些。雖然腳步蹣跚，但還可以走。

「我去買點什麼。要買什麼好？」

蓮的眼珠子轉了一圈：

「這個嘛，你覺得需要的東西，全都買回來比較好。接下來好陣子都不會有出口了。我的話，你隨便挑點外面世界的食物，像是漢堡那些就好了。」

蓮遞過來一張皺巴巴的一萬圓鈔票。

「這樣應該夠吧？」

「應該。」

我摘下手表，確定時間後交給蓮。現在十一點半。

「這個放在你這裡。再怎麼晚，我也會在兩點以前回來這裡。你會看表吧？」

「當然會，別小看我了。倒是，如果你身體不舒服的話……」

我走了幾步，接著回頭：

「蓮哥哥，如果過了兩點我還是沒有回來的話……」

彼此都沒辦法把話說到最後。

蓮溫柔地向我點點頭。

我從大樓縫隙間穿出古道。

陽光刺得我瞇起眼睛。迎接我的，是聲音的洪流。汽車排氣聲、行人的交談聲、店家傳出的音樂聲，這些聲音渾然一體，朝我的耳朵撲來。張貼著暑假電影首映會廣告的大型招牌躍入眼簾。

這裡是某處的車站前鬧區。

我回頭看自己走出來的大樓縫隙。寬度只容小孩子側身勉強通過。不可能有人知道在那條縫隙深處，有條夜晚會有死者漫步的路。

放眼四顧，到處都是店家。鞋店、冰淇淋店、鐘表行、拉麵店、賣飾品的攤子。數都數不清。

這就是外頭的世界。

好了，現在要怎麼做？

我可以查出這裡是哪裡，搭電車回家。

蓮似乎錯失了說出口的時機，但他是懷著這樣的心思送我離開的。這一點毋庸置疑。他讓我出來，不是爲了要我來買漢堡的。

我跟他在一起，只會礙手礙腳，根本是累贅。

一樹也是，就算我在這裡回家，他也不會怪我吧。他都已經死了。

我抱著速食店的袋子、新的運動鞋和其他紙袋，穿過大樓縫隙回到十字路口時，蓮驚愕得瞪圓了眼睛。

我們在大樓縫隙間用餐。雖然我幾乎沒有食欲，但還是吃了冰淇淋。

然後我再次坐到貨臺上。

蓮事後問我：

「那時候你爲什麼又回來了？」

我說，我怕回家會被罵死。這確實是理由之一，但不是全部。如果搬出「責任感」這個詞，聽起來冠冕堂皇，但眞正的理由，我自己也說不清楚。

午後近傍晚時，我們抵達了客棧。位在山丘上的那家客棧非常大，是三層樓建築物，第一天過夜的茶店完全不能相比。土地裡還有農家常見的馬廄和牛舍。

我和蓮在那裡住了三晚。

抵達當天和隔天，我在客房裡睡昏了。

我吃了稀飯和水果，服下蓮弄來的藥，睡個不停。

離開大樓縫隙出去時，我買了大量的零食，但沒什麼食欲，所以送給蓮吃，試試他的反應。

蓮在我的枕邊吃了「超刺激！醒腦爽快口香糖」，臉皺成了一團。

一個人盯著天花板看的時候，我想到許多事。雖然最後沒有寄出去，但我也寫了信給爸媽。半夢半醒之間，腦中一再浮現蓮提到的楓樹景象。

秋季的高臺上矗立著一棵楓樹，金紅輝映，隨風搖曳。

斷斷續續的淺眠中，我夢見自己在公園跟一樹打屁玩鬧。我和一樹兩人在夢裡跑來跑去。

滿身大汗地醒來後，我醒悟到剛剛還在夢裡一起遊玩的朋友，正被布包裹著，在貨臺上逐漸腐爛。

客棧有許多旅客造訪。遠遠地就能看出他們不是人。有人長著角，也有人全身覆滿了毛，也有人有五顆眼睛。

我感覺到他們——依循不同原理而活的生物——糾纏上來的目光。被他們緊盯不放，讓人感覺到一種赤身裸體走在車站前的羞恥。

我在被窩裡央求蓮告訴我後來的事。他慢慢地說了起來。

我在男子駕駛的馬車裡搖晃著。

馬車偶爾停下來休息，不斷地前進。

把我帶走的大塊頭男子名叫星川。他一邊駕駛馬車一邊說：

——那裡是客棧，不是托兒所。等你長大了，再以客人的身分回去就行了。雖然不曉得等你長大以後，還會不會想回去。再說，只要離那兒遠遠的，你也會暫時放棄回去的念頭吧。

才一兩天的工夫，我就完全親近星川了。

星川是古道的居民，但只要他想，就可以從入口出去外面的世界。

星川是個生意人，他買來外面世界的東西，賣給古道的茶店和客棧。

進入繪畫當中，從裡面拿東西回來。看在我的眼裡，星川就是個魔術師。而我不管怎麼做，都無法出去外面。我問星川：

——等我長大了，也可以進入景色裡面嗎？

星川皺起眉頭，搖了搖頭：

——你大概沒辦法。因爲你是在古道出生的孩子。

我大失所望。

——不用在意。外頭沒什麼好稀罕的。你想要什麼，我幫你拿來。

如果說星川從外面帶進食物和其他物品販賣的行爲叫進口，那麼他沒有任何出口行爲。因爲不管在古道發現多罕見的物品，都無法帶出去外面。古道的所有物，連一顆小石頭都無法帶走。有這樣的力量在作用。星川把外面的東西賣給茶店和客棧，換取金錢。

星川教了我很多事。他說他年輕的時候曾經在學校教書。他——現在的我明白，他眞的是個了不起的人。他擇善固執、寬宏大量，有一顆堅強的心。

有一次我問星川：你是不是我的父親？我不知道什麼是父親，但深信如果我也有父親，一定就是像星川這樣的人。可是星川直截了當地否定了我這個問題：

——唔，你聽了可別難過。聽著，做我這份工作，在我出去外面的時候，需要有人替我看顧馬車和行李。但古道的旅人都不是好應付的，不能信任。也有些人看到人類老頭拉著馬車，就動手攻擊。就算是神明，也有些壞東西。

——但是這些匪類，也不會想要對你這個古道出生的人動歪腦筋。因爲你雖然是人類，卻屬於他們那邊。你無法離開古道，但好處是不會遭到失德神明的侵擾。這是你與生俱來的天分。只要跟你在一起，就可以解決我一切的問題。但我不是你的父親。

星川拍拍我的肩：

——簡而言之，你不是我兒子，卻是我重要的搭檔。懂了嗎？

那是個颳著強風的春日。路邊躺著一具骸骨，一半已經沒入泥土中，雙手交握的胸口一帶長出一棵小樹，冒出新芽。

我停下腳步，對那一幕看得目不轉睛，星川站到我旁邊來：

——那是……給他蓋個土，讓他入土爲安吧。啊，你是第一次看到嗎？

星川爲一臉詫異的我說明：

在這條古道流浪的人，一旦被古道接納，就能獲得種子。有些人死後會變成行屍走肉，在夜晚徘徊，也有些人只是腐朽，但擁有種子的人……會變成路旁的樹。

古道兩旁不是長了很多高大的樹木嗎？

那些是歷經漫長的歲月、長成大樹的古時偉大漂泊者。他們守護著這條古道。

這個人也有種子吧。現在才剛冒芽而已。

你也有種子對吧？要好好珍惜。我道行還不夠，所以沒有種子，眞是遺憾。我有點羨慕你呢。

此後，每當我仰望古道的樹木，都滿懷敬畏之心。這時，我會緊緊地握住掛在自己胸前的護身符袋。

某天，星川說他兩天就回來，像平常那樣從出口前往外界了。

我的工作是顧好停在路邊的馬車，等待兩天。

我完成被交代的馬匹照料工作後，在馬車裡翻了翻，想要找點東西消磨時間，發現了一只皮革小盒子。

打開來一看，裡面裝了許多信件。

是寫給星川的信。我查看寄信人的名字，尋找有沒有和自己母親有關的線索，但完全沒有。

一張泛黃的剪報落到膝上。我撿起來看標題。

十七歲少年遭人刺殺，陳屍河岸

我皺起眉頭。報導內容指出，有人在河岸發現一名十七歲高中生的屍體。少年是籃球隊的隊長，凶手尚未落網。警方認爲是隨機犯案，正在尋找凶嫌。遇害少年名叫西村昌平。

剪報背面是當日股價。看不出日期。

星川爲什麼要把這則剪報存放在這裡？

我反覆閱讀剪報內容，但怎麼想都毫無頭緒。

也有可能其實沒什麼意義，就只是一張紙不小心放進了盒子裡。

我把剪報收回小盒子。

先當作沒看到吧。

不論過去那名十七歲高中生的死對星川來說有何意義，對我來說都無關緊要。沒有意義。

兩天後的早上，星川帶了一大堆東西回來了。

隨著成長，我對外面的世界萌生出強烈的好奇與嚮往。

從樹木間看到的操場上，孩子們踢著一顆球，四處奔跑。

是分成兩組，把球踢進套著網子的方形框框遊戲。

不久後，幾個人離開遊戲，朝我所在的森林走來。他們愉快地打鬧開玩笑，但聲音很遠，聽不太清楚。沒有人發現我。

對他們來說，我是看不見也不存在的。

可是我看得到他們。

踢球的那種遊戲是什麼？如果我加入其中會怎麼樣？我忍不住想像。我有辦法順利把球踢進網子裡嗎？

我曾經在茶店向旅人要來時尚雜誌，拿著雜誌向星川傾訴：

——穿和服紮腰帶好俗氣。

那個時候我還穿著和服。星川嘲笑我：

——傳統要好好珍惜啊。芭蕉布現在在外頭可珍貴了。

——我討厭和服。外頭根本沒有人這樣穿。我想穿這個。

我指著一名模特兒說。

那張照片上，一名身形高䠷的男子穿著皮大衣配牛仔褲，整個人斜倚在敞篷車上，裝模作樣。總覺得帥呆了。

星川盯著照片低吟：

——這……等你長大以後再說吧。

——那，我想穿制服。

——你說立領制服嗎？那種衣服不流行啊。茶店老闆會笑你喔。外頭的小孩都討厭穿那種衣服，拚命反抗呢。

衣服方面，實在很難如願。

一段日子過去，星川開始咳血了。

我勸他到外面世界的醫院就醫。雖然對我來說，古道外面只不過是大氣上的一幅畫作，但當時我對那個世界已經擁有許多知識。

只要前往文明先進的外面世界醫院，一定能治好疾病。在古道出生的我沒辦法出去就醫，但在外面出生的星川可以這麼做。

然而星川卻這麼說：

蓮啊，我在這裡做了這一行二十年之久，你覺得是爲什麼？你嚮往外面的世界，我卻是相反。我喜歡這邊。我一直祈禱著，既然人死後要化爲塵土，我想成爲這裡的塵土。在上次那家客棧，黎明時分，一名神祕的少女給了我種子。這表示我的願望終於被接納了。

那時候是冬天，正下著雪。星川駕著馬車，我坐在他旁邊。摻雜著結晶的寒風撲面而來。

吁氣成雲。

好了，趁著我的身體還可以，咱們在下一個十字路口道別吧。我要往北走。你要往西走。

往西走上一段路，有一家客棧。我已經和那裡的老闆娘確實交代過了。你一定要去那裡。老闆娘會給你一把鑰匙。我留了一樣禮物給你。

你真的是個好孩子。還記得那個楓樹的十字路口嗎？就是我們相識的地點。能在那裡遇到你，是我的福氣。

我們不是父子，但也不是陌生人。我們是搭檔，對吧？沒事的，不要哭。

身爲搭檔，我送你一個預言。你的人生絕對是美好的。我知道你從生下來的那一刻，就是受到祝福的，比外頭世界的任何人都更受到祝福。

在遙遠的未來，你的肉體會長成一棵大樹，你的靈魂會穿越古道，成爲吹過全世界的風。

到時候再會吧。

冬季的稻田裡出現了十字路口。

我在那裡和星川道別了。

星川駕著馬車往北走，我則是往西走。很快就找到了他說的大客棧。

客棧老闆娘將我領進一間客房。

——星川先生都跟我說了。他對我多方關照，所以你要在這裡住到什麼時候都行。這裡是你的房間，請隨意。這算是回報星川先生的恩情。接下來這地方就要進入隆冬，所以你至少要待到春天再走。

老闆娘正準備離開，但隨即轉身微笑：

——哎呀，差點忘了。

她扔過來一把鑰匙，指著房間深處說：

——這是房間裡面的衣箱鑰匙。

和室裡寂靜無聲。窗戶嵌著霧面玻璃。外面無聲地下著雪。

我打開房間深處的木箱。

第一個看到的，是我一直想要的大人物穿的皮革大衣和牛仔褲。我小心翼翼地拿起它們，動作再恭敬不過。視野被淚水模糊。

其他還有全新的繩索、刀子，新鞋子。

然後是星川的旅行手冊，裡面記錄著他長達二十年之間，在古道得到的各種資訊。

旅行手冊共五本。

對我來說，星川留給我的手冊，就如同聖經。

手冊上記載著哪裡有販賣牛車和馬車的商人、哪裡有客棧和茶店、哪裡有古道的出入口。

還有輕鬆賺點小錢的方法，以及古道裡的貿易知識。

我趁著冬季，把星川的旅行手冊內容抄寫到自己的記事本。星川的手冊已經扭曲變形，無法繼續永遠使用。

不久，春天到來，我在客棧員工們送行下出發。客棧前梅花盛開。

7

我生病休息的期間，蓮向客棧的人打聽雨寺的消息。

我喝了一堆水，出了一堆汗。

體內的某種東西一點一滴地朝活下去的這邊傾斜了。

第三天早上，我知道自己康復了。但蓮說萬一復發就不好了，決定再住一晚。

第三天晚上，我擔心起一樹，前往繫著貨臺的客棧空地。

夜晚的空氣很舒適。

我這麼打算，如果見到之前在廢屋附近的奇妙影子圍在那裡就折返，但周圍什麼都沒有。

掀開草蓆，底下是用布包起來的一樹。

月光照亮白布。某處的枝椏有貓頭鷹在啼叫。客棧的大廳裡，妖怪們正在舉辦宴會，他們的笑聲乘風而來。

我輕撫一樹的身體。

布裡傳來模糊的人聲，我嚇得往後跳開。

「誰……？」

聲音沙啞，幾不可聞。

「一樹！」我大叫。「你沒事嗎？」

我掀開一樹頭部的布。散發出肉類腐爛的腥甜氣味。

一樹的眼睛微睜著。眼球焦點渙散，化膿般混濁。可能是因爲水分蒸發，臉頰凹陷，形似骸骨，眼窩也整個凹下去了。就算扣除夜晚光線昏暗的因素，這具肉體也實在不像是一樹。

「是我。」我說出自己的名字。「你現在是什麼狀況？」

一樹從喉嚨擠出聲音：

「被夜晚……塡滿了。全身、腦袋……都塞滿了、夜晚……這裡……是哪裡……」

我說明我們在古道的客棧，我正在和蓮一起旅行，尋找讓他復活的方法。

我不知道一樹對我的話理解了多少。一樹眞的死了。我是在和屍體說話。

一樹痛苦地呻吟：

「放開我……放開我……」

一開始我以爲他是在說「告訴我」，但很快就悟出他是在說「放開我」（註）。應該是指貼在他身上的護符。

我茫然佇立。

現在把護符全部撕下來，會發生什麼事？

充滿他全身所謂的「夜晚」會取回力量，一樹會爬起來，消失在夜晚的古道。

就像第三天拂曉前目睹的小森那樣。

「放開我！」

一樹再次強硬地說，貨臺微微震動。

至少他現在想要獲得解放。

到底誰能夠認定，解放對他是不好的？

我遲疑再三，最後把他臉上的布蓋了回去。

一會兒後，一樹不再出聲了。變回完全的屍體了。我就這樣呆呆地站在貨臺前，直到蓮來找我。

8

我們隔天早上動身出發。

這剛好是我進入古道第六天。感受很複雜，想哭又想笑。

蓮邊伸懶腰邊說：

「我四處打聽過雨寺的詳細路線了。知道的人就知道呢。我成功問到情報了。」

「去得成嗎？」

「應該。接下來路會進入森林深處。只要能在將近三十個岔路中選擇正確的路線，就能到雨寺。」

乘在水牛車的貨臺上，搖搖晃晃地經過荒野道路，我忽然想起七歲時櫻花季節的公園，把這件事告訴了蓮。

「那就是一切的開端。現在想想，那個阿姨眞是太壞了。如果我不是運氣好，碰巧穿出去離開，我大概已經死了。」

「那應該不是人類。」蓮說。「雖然不知道她有沒有惡意，但或許有吧。古道也有些傢伙會在入口附近迷惑人類，把人誘進古道，找機會吃掉他們的肉。」

我一陣背脊發涼。在沒有出口的黑暗巷弄裡被怪物步步進逼，每一戶人家的窗戶都透出燈光，但不管怎麼放聲呼救，都沒有人聽到我的聲音——我想像起這樣的噩夢。

七歲的我，或許是千鈞一髮地避免這種下場。

「可是那個阿姨看起來像人類。看起來啦。」

「這可難說。往來於古道的神明，離開時都會變換形姿，像是變成蝙蝠、貓，

註：日文中，說（話す／hanasu）和放（放す／hanasu）同音。

或是狐狸、人類。」

「祂們會變身？」

「對啊。其中有一些神明會變身爲人類男女，好幾十年就這樣冒充人類，過著普通的生活、工作，甚至結婚……然後某一天，拋下一切回到古道。也有些傢伙幾百年來，就不斷重複著這樣的事。」

「不會穿幫嗎？」

「厲害的傢伙，幾乎可以完美變身，就連我都無法分辨是不是眞正的人類。本人也完全入戲，甚至忘了自己是冒牌人類。」

「好像很好玩。」

蓮笑了：

「有各種存在嘛。」

「那個時候，爲什麼我可以離開呢？看到籬笆的時候，我就有種感覺，知道只能從那裡出去。」

「因爲你是小孩子啊。一定是本能地嗅到『破口』微妙的空氣流動，還有外界的氣味吧。」

這天晚上我們在茶店過夜，隔天下榻在河邊蓊鬱森林中的客棧。

我們的旅程持續著。在大草原中前進、穿過廢墟當中、進入一片白樺林，決定在那裡露宿。我和一樹進入古道後，已經過了八天。

每到深夜，一樹就會短暫地開口說話。不過都是痛苦的呻吟，或是聽不懂的夢囈般話語。

「就快到了。」

我鼓勵說。一樹喃喃：放開我。我說這些，應該是在鼓勵我自己吧。

「我們要一起回去。」

入夜後，蓮就會坐在火堆前，告訴我和星川道別以後的事。

9

我從一家客棧走到下一家客棧，從一塊土地走到下一塊土地，不斷漂泊。

對於往來於古道的絕大多數人來說，古道只是移動到某地的路線，但對我而言，古道就是我的世界，就是我的生活。

我會爲來自外界的人嚮導，或是運送物品來賺錢。有時也會在客棧工作。這樣的日子，我並不覺得痛苦，反而感到心靈平靜。雖然不清楚其他的生活方式是什麼樣子，但流浪似乎投合我的性情。

我邂逅無數的人，順帶留心母親的消息。

我從星川那裡聽說，母親和他是舊識。

所以母親才會把我託付給可以信任的星川。

但星川完全不知道我的母親現在在哪裡。

我認爲在楓樹的十字路口和母親分開，是某種必然。星川確實可以信賴，而我也一樣，比起永遠關在那座橡樹森林裡、一輩子沒見過世面，和星川一起離開是更好的結果。

對於母親，我大概沒有怨恨。

只是想要再見見她。

母親還在那四棟客棧並排的路上嗎？或是前往其他地方——只要繼續旅行，或許有朝一日能夠重逢。

那天晚上，我落腳在山谷一家三層樓客棧。

我一個人坐在食堂角落的座位。

隔壁桌子，流浪的神明正在披露祂們聽到的各種虛實難分的故事，我就在一旁側耳聆聽。

在古道聽到的故事多半都是那些，一定都在別處聽過。但換個人說、換個地點，結局和設定就有無數種變化，因此讓人聽得趣味盎然。

祂們忽然談到了雨寺。

——祢知道雨寺嗎？

——哦，聽說可以讓死者復活的地方是吧？聽說只要能正確走出樹海裡的迷宮，就可以到那裡。我是沒去過啦。

——沒錯。這是我在能登那裡的茶店聽說的，以前有個年輕女人從七尾那兒進來古道，就爲了去那家雨寺。

——咦？祢說一般人類嗎？如果不曉得這條路的底細，隨便跑進來，後果將不堪設想啊。

——就是說啊。但那個女人好像認識在古道做生意的男人，似乎是撐過來了。然後她在古道裡迷失了好幾年，不停尋找雨寺。

——她想讓誰復活？

——她的情郎。眞令人感動呢。好像帶著骨灰罈在旅行。聽說是個才十六、七歲的小姑娘喔。

——然後呢？照一般來想，應該是死在路上了吧？

——那個女人在朋友協助下，費盡千辛萬苦，走到了雨寺。不過復活不是那麼簡單的事。新鮮完整的屍體就罷了，聽說是沒辦法完全照原樣復活的。會失去全部的記憶、變了個人，慘的還會變成活死人的狀態，或是雖然復活了，但是入夜以後，跟著夜行者一起走掉，主動被古道的深淵吞噬。聽說只要死過一次，就會分不出自己是屬於哪一邊了。

——就是啊，世上哪有這麼美的事嘛。

——對啊。好像也得花一大筆錢。

我默默聆聽。內容莫名令人不安。雖然我沒有到過雨寺，但曾經聽說過它的名號。祂們繼續說下去：

——那，女人的情郎怎麼了？

——因爲已經變成骨灰了，就算是雨寺也無力回天，但從能登來的女人無論如何都要人復活，因此雨寺便用那些骨灰做成祕藥，讓女人服下。那女人很快就懷了男孩。是名符其實、沒有父親的孩子。

——等於她把情郎重新生下來了？

——沒錯。但肚子裡有了在古道懷上的孩子，就沒法離開古道了不是嗎？她好像在某處的客棧生下了孩子。

——在古道出生的人類嗎？眞夠嗆的。那姑娘太了不得了。

——就是說啊。聽說嬰兒是個健康活潑的男孩，而且當然完全沒有前世的記憶。不過對母親來說，自己的兒子就是復活的情郎，感受一定很複雜吧。女人把兒子養到一個歲數後，一方面也是照顧她的客棧建議，她把兒子交給了在古道做生意的朋友。

——她肯定心如刀割吧。但我覺得這麼做比較好。畢竟那是古道的孩子啊，古道會養育他的。這事這樣就完了嗎？

——差不多就這樣。聽說那姑娘現在在外頭世界過著新生活。好像不會再踏入古道了。

——是喔？那，接下來輪到我說了。來說點什麼好呢？

我站了起來。因爲眩暈得太厲害，我回到房間，倒在榻榻米上。

胸中某種感情在瘋狂肆虐。

我在腦中不斷反芻兩人對話。

姑娘。嬰兒。在古道做生意的朋友。

錯不了，祂們在說的就是我的身世。

如果眞的如同祂們所說，那麼母親已經不在古道了。

她從畫中出現，又回畫裡了。我不必再每次投宿新的客棧，都懷著一抹期盼張望裡面的住客了。

我花了好一段時間才讓情緒鎮定下來。很快地，胸中變得空洞，我盯著房間的牆壁，看著看著，淚水奪眶而出。

後來過了許久，我遇到了小森。

我正在山丘森林裡的茶店用餐，老闆招呼我：

——小蓮，可能有工作上門囉。

老闆指著一張桌子說。那裡坐著一名男子，從服裝來看，顯然剛從外面進來。

男子看到我，向我行了個禮。桌旁放著一個登山背包。

——他說他想去鞍馬山，不過那一帶不是有些路段，有凶暴的鬼出沒嗎？也有許多岔路，我才在跟他說一個人去很危險呢。

我站了起來，男子急忙跟著站起來。老闆轉向男子說：

——雖然得花錢，但只要跟他一起走就不會有問題。他雖然年輕，卻是古道的專業嚮導。還可以坐著水牛車一路搖過去喔，雖然速度慢了點。

男子彎身鞠躬，伸出手來：

——敝姓小森，請多指教。

我有些錯愕，因爲古道很少遇到這麼有禮貌的人。我報上名字，和他握手。

我收了他預付的嚮導費，金額是一般行情的近兩倍。我給了老闆介紹費，想把多的錢還給小森，但小森揮手不肯收下。

第一印象，小森是個很好相處的旅行者。

小森把背包放到貨臺上，隨即用附鎖的鍊子把它繫在貨臺的金屬零件上。

——我這人做事很小心。雖然背包裡也沒什麼大不了的東西，但萬一被偷了還是掉了，仍然很麻煩。

我讓小森坐在貨臺上，一邊牽著水牛車前進，一邊閒聊。我問他平常是做什麼的，他仰望天空答道：

——我到處消滅壞人。世上不是存在很多糟糕的敗類嗎？我的工作就是送他們上西天。

我問，他所謂的壞人是古道的居民嗎？他這麼回答：

——不不不，才不是呢。這樣說會遭天譴的。我說的是外面。這條路我只是借過一下而已。

原來外頭有這麼多奇怪的工作啊，我心想。雖然湧出些微的嫉妒，但我甩開這種念頭。畢竟想那些也沒用。

——我在幾年前偶然發現這條路，從此以後，工作整個變得順手太多了。因爲消滅壞人之後很麻煩，但進來這條路就沒問題了。啊，能夠發現這條路，我眞是天選之人啊。

——你消滅了幾個？

——大概五十個吧。從來沒有失手過。不過加上小孩子，應該更多吧。

——小孩子？

——這跟年紀無關啊。這年頭就算是小孩子，也得送他們上西天。因爲他們都被寵壞了。我在外頭很有名的。

我整個人陷入陰鬱。我半晌沒說話，小森開口說：

——我說蓮先生啊，你都那樣跟人說話嗎？

我困惑不解。

——你剛說：你消滅了幾個？好歹也加個「請問」才對吧？我可是付錢僱用你的客人耶。你不會敬語嗎？我用敬語跟你說話，而且我一看就比你年長吧？算了，這點小事就不跟你計較了。在這裡，你才算是前輩嘛。那你幾歲？

我告訴小森我在古道出生，無法離開古道，也沒有在計算歲數。

——什麼啦，原來是這樣喔？幹麼不早說。那，你連學校都沒上過，難怪講話這麼沒禮貌。哎呀，太好了。我在外頭算是大名人，不小心透露太多自己的事，我還在擔心，最後可能得殺掉你滅口才行呢。不過既然前輩沒辦法離開古道，那就沒事了。

小森笑了。出發後才一個小時，他變得和在茶店剛遇到時判若兩人。

入夜以後，我和小森坐在火堆旁。我已經不想跟這個人說話了，但小森興致很好，完全不管我意興闌珊，甚至有些興奮過頭。小森不停吹噓他在外頭的世界是個怎樣的大英雄。

據小森的說法，外面的世界早已進入末世，必須有人主持正義，而他就是民眾渴望的祕密救世主。

但我覺得以這樣而言，小森敘述的內容也太個人了。小森一臉得意地說他在網球課認識一名主婦，發現她外遇，便持刀刺殺她，還用球棒打死住家附近的飆車族少年。

我幾乎沒在聽他說話。這些聽了也沒意思。小森一定覺得，對一個無法離開古道的養牛人，不管說什麼都不會留下後患。

我只想快點擺脫這個棘手的旅人。

原本預定走上三天兩夜，抵達鞍馬山的出口，但有沒有辦法在半路甩掉他？

這時小森忽然提到：

——關於殺人，我還滿晚開竅的，是我十七歲的時候。

我正呆呆地盯著火。十七這個數字及殺人這個描述引起了我的注意。總覺得無法置若罔聞。

為什麼呢？

小森從火堆裡拿起一根燃燒的樹枝，用它點燃香菸，露出遙望的眼神：

——他是我同學。也不是說他對我做了什麼，總之我就是不爽他。不是嫉妒喔……世人有很多說法啦，但其實他們應該知道，有些人怎麼樣就是教人看不順眼。那傢伙光是活在這世上笑著，就意味著我的人生是一團狗屎……這可不是嫉妒喔。你懂嗎？嗳，前輩應該不會懂吧。

我沒有搭腔，但小森無所謂，兀自說下去：

——我精心計畫……平常我都跟他稱兄道弟，他完全沒有提防我，下手易如反掌。仔細想想，那就是一切的開端呢。警方牛頭不對馬嘴地盲目偵辦。我都已經做好被抓的心理準備了，最後逍遙法外。

這時，我第一次開口提問：

——他是個怎樣的人？

小森抬頭，吁出煙來。

——怎樣的人？你說他嗎？早就不記得了。哦，他很受女生歡迎。明明長得又不帥。這麼說來，我聽說那傢伙的屍體還骨灰罈被偷了呢，真是笑死我了。

小森說到這裡，發出刺耳的笑聲。

——一定是白痴女人幹走的。我聽人家說的，他的女朋友發了瘋，居然偷了他的屍體還是骨灰罈。我馬上就轉學了，不是很清楚。哦，我當然是算準了即將轉學前下手的。

我回想：叫什麼名字？星川和信件一起收在盒裡的剪報中少年姓名。遭人刺殺的十七歲少年。

喏，記得是……

我在連自己都沒有意識到的情況下喃喃出聲：

——西村昌平。

一段奇妙的空檔。我沒有多加深思，便撩起長長頭髮，把臉朝小森探過去。我只是純粹地想要確認。

——他是長這樣嗎？

小森張大眼睛，香菸從口中掉下。

現場的空氣彷彿扭曲，就好像喝下某種特殊的酒。

我內心的深處有什麼發出了長長的悲痛嘶吼。

一種明知一切，卻忘得一乾二淨的焦躁。

——呃，咦？

小森和我隔著火焰，默默地對望半晌。小森以發顫的細聲喃喃道：怎麼會？

——怎麼會……嗄？阿昌？怎麼會這樣……咦？

我醒悟一切。星川的小盒子。剪報中那個年僅十七歲就喪命的少年，就是我。過去的我是西村昌平，就是這個人殺了我。

我站起來，俯視嚇軟了腿跌坐在地、張口結舌的小森。憤怒沒有立刻湧上心頭。前世的事，我完全不復記憶。我只是驚訝。殺死西村昌平的人就在眼前。殺死過去的我的人，就在眼前。

總覺得我不是我自己。

小森縮著身體死盯著我。

我確定地說：

——我是西村昌平。

小森大叫一聲，飛快起身，一腳踹向火堆。灰燼和火星漫天飛舞。

雖然只有一眨眼的工夫，但我閉上眼睛。

再次睜眼時，小森已經從視野中消失了。

我警覺地四下張望。

沒有人。

只聽到踩過泥土地遠離的腳步聲。

我前往貨車，抓起柴刀。小森的背包還在車上。他用鍊子綁住行李，弄巧成拙，無法當下抓了就跑。

離這裡最近的出口，往來時路折返約一個小時就到了。如果小森逃到那裡，我就束手無策。

我考慮過要追上去，但如果他一路跑走，現在再追也追不上了。

他也可能趁著夜色躲藏起來使我錯過。萬一被他搶走水牛車，再也沒有比這更糟糕的結果了。

考慮到小森可能回來取他的背包，當晚我抓著柴刀，整夜沒有睡。

結果天亮以後，小森還是沒有回來。

隔天早上，我檢查了小森的背包。

香菸、刀子、換洗衣物、裝在塑膠袋裡的鈔票。點了一下，有將近一千萬圓。還有相機、相簿、記事本。

記事本上的數字和姓名對我毫無意義。上面有許多住址和電話、電車時刻那些紀錄。

我翻了一下相簿。都是人物照片，全是獨照。拿著球拍站在網球場的女人、在公園長椅蹺二郎腿抽菸的金髮少年、戴眼鏡留鬍碴的中年男子。照片裡的人，不管是年齡或身分都沒有共通之處。

相機這種機器是什麼樣的東西，我當然知道。照片裡的人幾乎沒有一個目光對著鏡頭，一定都是偷拍。照片底下寫著名字。工藤照子、新崎明彥、佐川誠二。

爲什麼要帶著這種相簿旅行？

恐怕跟他所說的主持正義的工作有關。

這對我沒有意義，但對小森非常重要。既然他刻意帶進古道裡，我推測萬一這些東西落入有關當局手中，可能會讓他身敗名裂。

只有一張照片，鏡中人看著鏡頭。是穿制服的短髮少年，和戴著粉紅色髮飾的少女，兩人肩並肩露出天眞無邪的笑容，比著勝利手勢。地點是教室。照片底下寫著西村昌平。

我目不轉睛地注視著這兩人。

西村昌平。髮型雖然不同，但確實長得和我非常像。說像或許奇怪——因爲這就是我。

西村昌平旁邊的少女。這邊沒有寫名字，但我認得她的臉。

仍稚氣未脫的她，就是兒時在楓樹下道別的母親。

和小森決裂一星期，我把小森的東西（包括記事本、相簿、刀子等等）用紙包起來，紙上用簽字筆大大寫上「請送交警察」。

我來到連接市區人多的道路出口前。

小森的相簿和刀子都是他帶進來的東西，用來包它們的紙也是從外面來的，都不屬於古道。

我助跑之後，將紙包扔出去。

這是來自神明領域的贈禮。

紙包順利穿過境界，掉在紅磚步道。

我不太清楚外面世界的規矩。但把紙包丟出去，倘若順利，應該會對外面世界的小森造成深刻影響。

至於那一千萬圓，我決定收下。

我心想：

小森會在外面的世界被抓，受到制裁。

眞的會這樣嗎？

或是他可能再次進入這條路。

屆時他很可能在某處的茶店打聽到：那天晚上的嚮導青年並非怨靈，他擁有拿刀一刺就會死掉的肉體。

我有預感，小森絕對會再次現身。

10

「我的預感成真，我開始聽到他在古道裡遊蕩，追查我足跡的消息。我已經有了和他一決生死的心理準備。是你們運氣太差了。」

蓮說到這裡打住，停頓片刻後說：

「我說完了。差不多該睡了。」

蓮踩熄火堆。

仰頭望去，樹木化成黑影，星星在其間閃爍。

「早起出發的話，明天就會到了。」

我在蚊帳裡躺下，對躺在旁邊的蓮細語問：

「那，你有一千萬圓囉？」

「沒錯。我會把這筆錢給雨寺，請他們讓一樹復活。你不用在意，反正這不是我的錢，是小森的錢，本來就該這麼花。」

隔天早上，我們天還沒亮就出發。四下充塞著八月清晨的氣息，彷彿夏意滲透了泥土和青草等萬物。

古道進入深邃的森林。是一條植物形成的漫長隧道。枝椏與藤蔓層層疊疊，形成拱頂。

夏季的烈日被它遮蔽，落下斑駁的陰影。路程陰暗但舒適。

道路有許多分岔。也有一些路開在地面，就像通往地下的黑暗深穴，但我們沒有進去。布滿青苔的大樹根之間也有洞穴，散發出森冷氣息。

也許是通往死者國度的路。

植物隧道分成兩邊，形成交叉口，以爲是上坡，結果是下坡。每當遇到岔路，蓮就會停下腳步，表情謹慎地對照筆記本。

不久，我們離開了樹木迷宮。接著爬上一條平緩漫長的上坡路，走兩三個小時。

來到坡道半山腰的十字路口，蓮忽然拉住水牛車。他沉默良久。我很快就悟出箇中理由。

那裡有一棵巨大的楓樹。
枝椏上綠葉密布，在風中搖曳生輝。
放眼望去，遠方是一片大海和港鎮。
對我來說，這是在故事中聽到的景色。

再走一段路，便進入了橡樹森林。
幾棟瓦頂灰泥牆的老舊木造建築物相對而建。
總共有四棟。裡面應該有人，但沒有人出來路上。

這條客棧的路再過去不遠處，就是雨寺。

一名像是見習生的年輕僧人在門前相迎。
我說我們來到這裡，是爲了讓一樹復活，僧人便領我們進入寺內。

蓮和我被領至一處焚香的大和室，一起在另一名僧人面前坐下來。這名僧人眼睛細長，身形清瘦。

僧人開口：

「這孩子是從東京來的，是嗎？然後我認識你，蓮，很高興看到你回來。」

蓮說明遇見我們之後，直到一樹遇害的來龍去脈。

說明期間，僧人安靜閉目，一語不發。

蓮說完後，僧侶看著我的眼睛問：

「你爲什麼想讓朋友復活？」

我思考之後回答：

「我想要和一樹一起回去。」

我不想一個人回去。我想和一樹一起聊著在古道的種種見聞，一起踏上歸途。

僧侶鎖起眉頭，搖了搖頭：

「很抱歉……這是辦不到的事。」

蓮問：

「辦不到？……怎麼會？」

「這座寺院確實流傳著死而復生的祕法。但你不可能和你朋友一起回去。你們可能有所誤會，在古道死去的人，即使復活，也是屬於古道的，再也不可能離開古道。就和在古道出生的人一樣。擁有這種宿命的人，我們稱爲永恆漂泊者。這些人是被古道選中的人，終其一生，都必須在古道行旅。」

僧人以徐緩的口吻繼續說：

「即使如此，你們還是想要一樹復活的話，就需要三樣東西：一是和一樹同齡的健康肉體，二是能照顧復活的一樹一段時間的保護者，三是支付寺院和客棧的一大筆錢。」

我思考其中含義，啞口無言。蓮作勢站起來：

「錢我有，可是……」

「可是？」僧人嘆氣。「可是其他兩樣沒有。是啊，你們應該想到了，方法就只有一個，那就是讓這孩子當一樹的替身，然後……蓮，由你把他扶養長大。」

蓮開口想要說什麼，但終究沒有訴諸話語。

僧人的表情變得嚴厲：

「做不到嗎？」

漫長的沉默籠罩全場。

僧人沉靜地說：

「不論運用什麼樣的奇蹟，都一定要獲得生命的話，不就要付出這樣的代價嗎？從生命的開始到結束，都需要覺悟與犧牲。好了，兩位請回吧。」

我撐著榻榻米，整個人陷入茫然。

僧人起身：

「你和朋友分道揚鑣已久。一樹應該也不期望那樣的復生。古道的死者是屬於古道的。不要徒然悖離天理，順其自然吧。他有屬於他的路。他會在夜晚引導下，前往他該前往的深淵。」

這天晚上，月光灑遍古道。草叢裡蟲聲唧唧。

我和蓮把一樹的屍體搬到楓樹下的十字路口。

讓他躺在樹下，撕下護符，把布也拿掉。

我在一樹旁邊坐下來，蓮則倚靠在水牛車的貨臺上。我們默默無語，仰望著夜空，等待那一刻到來。

不久，夜路彼方吹來一陣風，颳過我們前面。彷彿這就是信號，一樹無聲無息地站起身。

他望向我，空洞的眼睛只有一瞬間恢復神采。是他向來的調皮眼神。

我細語道：

「拜，一樹，再見了。」

一樹沒有回話。

朋友邁開步伐。

我和蓮目送朋友走向夜晚無盡的黑暗中。

隔天下午，我和蓮站在分岔的麥田小徑。依然青翠的高聳麥葉在風中搖曳。

「從這裡一直走下去，就可以出去了。那麼，就此別過。你朋友的事無法挽回，我真的很抱歉。」

我搖搖頭：

「不會。蓮哥哥，眞的謝謝你的照顧。」

這下旅途告終，歸途開始了。

一想到這裡，心胸一陣騷動。

其實這天從一早開始，我的內心便躁動難安。就彷彿有陣風在胸中胡亂吹襲。

這到底是什麼樣的情緒呢？

我想要回家。

應該是這樣的。

然而，也許是吃了太多古道的食物，吹了太多古道的風。

我仰望沒有歸途的青年，說：

「我不想回去。」

蓮交抱手臂，露出微笑：

「嗯，那就別回去吧。」

我眨了眨眼。他說得可眞乾脆。

「你想去哪裡，我帶你去，接下來就要自立自強了。過個五年，你就會是個獨當一面的旅人了。聽說也有渡海的路線，永遠都不愁沒有地方可以去。雖然會遇上許多辛酸，但也有許多樂趣。如何？」

胸中颳起了更強勁的風。

總覺得雀躍得不得了——就好像前所未見的廣大世界在眼前豁然開朗。

但是就這樣結束了。躁動唐突地消散了。

蓮以平靜的眼神望著恍惚的我：

「別在意。有緣的話，還會在某處相會吧。」

他掉轉身子。

我目送青年牽著水牛車離去的背影。

終於，只剩下我一個人。

我經過夏風吹拂的道路。

八月的天空是水藍色的，白雲與灰雲飄流而過。

古道穿過麥田一座宛如小島的樹林，繞過古老墓地周圍，穿過一座小型鳥居。

順著石階往下走，看見一個撐著陽傘推嬰兒車的婦人。

睽違多日，我再次踩上了柏油路。

11

我怎麼抵達家門，我幾乎不記得了。我搭上電車，回到家裡，打開玄關門。離開十天的自家，味道聞起來像別人家。母親衝下樓梯，一見到我便發出驚呼。

我三緘其口，沒有對任何人透露任何事。我堅持什麼事都不記得了。實際上我一踏進家門，這十天來的記憶便分崩離析、顛三倒四，變得曖昧模糊、毫無脈絡，無法釐清。

歲月流逝。

有時我會在季節流轉時吹過的風中，嗅到古道的氣味。這時我會零碎地回想起和拉著水牛車的永恆漂泊者共度的夏季旅程，以及踏上黑夜道路離去的朋友。

那條路，現在仍不爲人知地隱身在巷弄間吧。

這並非成長的故事。
沒有終點，也沒有變化或克服。
道路交錯，不斷分岔延伸。只要選擇其中一條路，就看不到其他的風景。
我就宛如永遠迷失的孩子般，孤獨地走下去。
不只是我而已。每個人都身在沒有盡頭的迷宮裡。

臺灣獨家

作者後記

仔細想想，在我這個世代，其實充滿了強加價値觀於他人的行爲。無論學校或社會，都採用了這樣子的方式。我想這並不單純是時代使然，而是只要聚集了一定人數，自然會產生上下關係、規則以及共通的想法等，或許不讓周遭的人遵循同樣的價値觀，便可能損及秩序吧。

描寫徘徊於異世界男男女女的「夜市」，是我在二十年前撰寫的作品，當時我要結束青年時期，是一個瘦削飢餓的人。我住在沖繩被甘蔗田包圍的地方，覺得事物的價値其實因人而異，對某人來說的寶貝，可能對其他人而言只是破銅爛鐵。並強烈地認爲眞正重要的，是胸中的尊嚴。

《夜市》就是一部呈現了過去也有這樣時光的作品。比起緬懷過去，感覺更像可以在現今與各位相隨的作品，但我自己並未重新讀過。

自我出道以來的二十年之間，這個世界產生了許多諸如智慧型手機問世這般大改變。而說起我自身的變化，似乎其實沒有成長。二十年前喜歡的東西現在還是喜歡，討厭的東西現在也是不太欣賞。不過，現在不會像過去那樣迷失方向、不知所措，孤獨感也比較淡化了。作家的工作很單純，只要寫出作品，其實就算是抵達目的地了。

說到變化，令我想到了一點。一個回神，我發現年齡增長造成的影響已經體現於我身體內外。當我獨自凝視著營火時，會開始想像自己在空無一人的十字路口倏地倒下、結束這一生，然而地球仍靜靜地自轉，世界仍持續運作的景象。我現在還很好，但在夕陽西下之後，從高崗上俯瞰民房散發出的點點燈火，仍不禁稍稍感嘆，這個世界仍是一場夢幻，是某人的異世界吶。

恒川光太郎

恠 28／夜市

作　者／恒川光太郎
翻　譯／王華懋
責任編輯／詹凱婷
原出版社／KADOKAWA
編輯總監／劉麗真
總 經 理／陳逸瑛
榮譽社長／詹宏志
發 行 人／凃玉雲
出　版／獨步文化
城邦文化事業股份有限公司
104台北市中山區民生東路二段141號5樓
電話：(02) 2500-7696　傳真：(02) 2500-1967
網址／www.cite.com.tw
發　行／英屬蓋曼群島商家庭傳媒股份有限公司城邦分公司
104 台北市中山區民生東路二段141號2樓
讀者服務專線／(02) 2500-7718・2500-7719
服務時間／週一至週五：09：30～12：00　13：30～17：00
24小時傳真服務／(02) 2500-1900・2500-1991
讀者服務信箱E-mail／service@readingclub.com.tw
劃撥帳號／19863813
戶名／書虫股份有限公司
香港發行所／城邦（香港）出版集團有限公司
香港灣仔駱克道193號號1樓東超商業中心
電話：(852) 2508-6231　傳真：(852) 2578-9337
E-mail／hkcite@biznetvigator.com
馬新發行所／城邦（馬新）出版集團
Cite (M) Sdn Bhd
41, Jalan Radin Anum, Bandar Baru Sri Petaling,
57000 Kuala Lumpur, Malaysia.
Tel: (603) 90578822
Fax:(603) 90576622
email:cite@cite.com.my
封面設計・封面插畫／高偉哲・山米
排　版／游淑萍
印　刷／中原造像股份有限公司
●2022（民111）11月初版
售價270元

YOICHI

國家圖書館出版品預行編目資料

夜市／恒川光太郎著；王華懋譯．-初版.－
台北市：獨步文化，城邦文化出版：家
庭傳媒城邦分公司發行，民111.11
面；公分. --（恠；28）
譯自：夜市
ISBN 9786267073919（平裝）
　　　9786267073957（EPUB）

861.57　　　111014996